琳 著

斷指

音樂聲又響起了，低沉而冰冷。

琴聲迴盪在空中，像在附和那些殘肢似的。

他們順著節奏，凌遲著她的皮肉……

目錄

序

她回到學校後山，陽光晴朗，她在樹下走了一圈，看到了十年前做的記號，然後蹲在地上，拿出預備好的鏟子，開始向下挖。

土質很硬，並不好挖，她挖得滿頭大汗，用手背抹去了額上的汗珠，然後又繼續將沙土、碎石，都堆到旁邊，漸漸的，挖了一個洞出來。

噹！鏟子碰到了一個硬物，她知道，已經挖到了時光寶盒，於是一鼓作氣，把土朝兩側挖開，將寶盒拿了出來。

取出的是個四四方方的鐵盒子，蓋子中間有個小鎖，她取出一直隨身攜帶的小鑰匙，將鑰匙插入鎖裡面，由於時間久遠，鐵製的鎖有些生繡，鎖孔也有沙土，她費了些力氣，才將鑰匙插了進去，轉開，鎖打開了。

她將鎖取下，遲疑了半晌，好一會兒，她才鼓起勇氣，將寶盒的蓋子打

序

開，拿出裡面的小玻璃瓶。
瓶中，擺著一截手指。

一 妒忌

「就只有這一點嗎?」女孩威嚇的聲音響起,甚至揚起拳頭,準備得不到滿意的答案時,就要落下。

「拜託,不要……我明天再帶給妳。」男孩哭泣的聲音響起。

「哭?哭有什麼用?不是早跟你講過,今天要帶來的嗎?結果只帶這麼一點?自討苦吃!」拳頭準確的落下——

砰!

「啊!」傳來一聲哀嚎。

「算了!今天就先這樣了。」另外一個聲音響起。「辛惠,我們一人一半。」

黃允珍數了數錢,分成兩份,另外一份遞給李辛惠,原本準備繼續動手的李辛惠也停下打人的動作。

「好吧！也只能這樣了。」李辛惠收回拳頭，接過錢來放到口袋，蹲了下來，對著倒在地上的男同學道：

「記得啊！明天還要帶過來，要不然我就再加利息。」

鼻梁被揍的男學生，蹲在地上捂住不斷滴下的鼻血，嘴裡虛弱的道：「知道了。」

李辛惠滿意了，她一轉身，跟黃允珍揚長而去。

而被勒索的男同學，憤恨的看著這對女流氓，偏偏自己身材瘦小，沒有辦法抵抗，只能繼續被壓榨，這種生不如死的日子，他好恨！好恨！

而離去的李辛惠，根本不在乎後面的視線，她和黃允珍邊走邊數錢，得意的笑了起來。

校園裡人來人往，有人經過她們，對著她們指指點點、竊竊私語，黃允珍停下腳步，朝一旁瞄著她們的低年級女同學瞪了一眼，女同學慌忙的別過頭去，她吐了口口水，惡狠狠道：

「看什麼看?給我滾開!」低年級的女學生慌張的走開，而李辛惠則笑了起來。

「真沒膽子。」她輕蔑道。

「對啊!都是一群膽小鬼。」

黃允珍和李辛惠走到了教室，門刷的一聲打開，原本正在講話的同學，一見到她們兩人，全都噤聲，很有默契的壓低了聲量，深怕驚動了這一對女流氓，又開始惹事。

兩人回到了自己的位置上，李辛惠拿出梳子，開始梳起頭髮，而黃允珍則拿起鏡子，看看有沒有沒擠乾淨的青春痘，旁若無人的態度，令人雖氣惱，卻也不敢對她們怎麼樣。

黃允珍是學校的頭痛人物，長得肥頭大腦，滿臉雀斑，配上幾顆紅腫的青春痘，還有明顯的朝天鼻，一頭短髮，外貌上並不出色，但她將頭髮染成紅色之後，極為搶眼，整個人不倫不類，卻自以為是。要不是靠著親戚關係，讓她在這間學校留下來，她很可能連個放牛班都沒得讀。

至於跟她臭氣相投的李辛惠，又瘦又高，整個人像個竹竿，髮長及腰，自以為飄逸，更學外國人將髮色染成金黃色，但她眉毛又粗又黑，並不適合，整體來說，相當突兀。

臭氣相投，物以類聚，在她們身上是最適合不過了。

上課鐘響了，老師也進來了，黃允珍收起鏡子，卻不是準備讀書，而是對旁邊的李辛惠道：

「下午籃球隊要練習，赫磊也會過去喔！」

「知道知道，妳要去看妳的心上人是吧？」

黃允珍露齒而笑，從朝天鼻發出奇怪的聲音，像一連串的呼嚕，聲音大到全班都聽得到，連老師都瞄了她一眼，見她沒有打擾上課，便沒再理會。

既然是放牛班，老師對整個班級也未盡太大心思，照本宣科念著課本，將一票人馬全都送入夢鄉……

※　※　※

放學時，學校操場還有不少學生留下來看比賽。他們學校的籃球隊下個月要去比賽，教練為了加強訓練，所有隊員全都留下來練習，在跑完兩圈操場後，開始進到場內，正式比賽。

「赫磊！加油！」

一記粗啞的聲音從場外傳了進來，所有人驚愕的往聲音源望去，竟然是學校出名的女流氓？赫磊的隊員不禁竊笑了起來！

「赫磊，加油啊！」有人拍了拍他的肩，戲謔的道。

「去你的！」赫磊將對方推開。

黃允珍又在旁邊不斷吆喝！她的嗓門大，整個操場都是她的聲音，赫磊雖然丟臉，也只能假裝沒聽到，開始比賽。

場上打得如火如荼，場下也勾心鬥角。

「赫磊！太棒了！」

「你太厲害了！赫磊！」一群女孩子高聲喊著，驀然，其中一名女孩打了個哆嗦，問道：

「欸，妳們有沒有覺得變冷了？」

「有嗎？」

「不會啊！」

幾個人彼此互望了一眼，感到後面寒意竄起，不約而同轉過了身，看到有如閻羅王般的黃允珍，全都叫了起來！

「哇啊啊！」

一群人全部跑開，沒有人敢留在原地，黃允珍趕走一批，又跑到其也女生身邊，惡狠狠的瞪著她們，她兇惡的眼光嚇跑不少人，有誰敢反抗學校裡的大姊頭？如果再留下來的話，不知道會遭到什麼樣的對待！

「這些人沒長眼睛嗎？赫磊是我的。」看到所有女生都跑走後，黃允珍惡狠狠道。

「不會有人跟你搶的啦！」李辛惠沒什麼誠意的說道，她正在修自己分叉的髮尾。

「那些女人，不知道吃了什麼熊心豹子膽？竟然敢對我的赫磊下手？」黃允珍把所有人都視為假想敵。

「不會啦！不會啦！」李辛惠一邊剪完，換另外一邊。

「如果再給我看到她們出現在操場的話，我要她們好看。」黃允珍氣惱的道，她回到李辛惠身邊，拿起鋁箔包飲料來喝。

李辛惠剪完分叉的頭髮，正要修剪指甲，眼尖的她推了推黃允珍，說道：「欸欸！妳看！」

「看什麼？」黃允珍轉過頭去，嘴巴立即大張，幾乎可以塞下一顆鴨蛋！

比賽不知道什麼時候結束了，男生們都停下來休息，到旁邊擦汗或喝水，只有赫磊的身邊，出現了一個女人！

那個女的容貌秀麗，髮長至肩，皮膚白皙，體態窈窕，出色的外表令黃允珍妒忌得要死，更可惡的是，她竟然站在赫磊的身邊，而且還拿著毛巾幫赫磊擦汗！

「她是誰？」黃允珍大吼了起來！就要衝了出去，李辛惠拉住了她。

「你現在過去，只會讓赫磊更討厭你！」

「那怎麼辦？」黃允珍一下看著李辛惠，一下看著赫磊跟他身邊那個女人，整個人氣到腦充血！

「冷靜一點，不要亂來！」

「叫我怎麼冷靜？她為什麼可以站在赫磊旁邊，還那麼溫柔的幫他擦汗？赫磊是我的，她怎麼可以這樣做？」黃允珍大吼。

「那個女的，」李辛惠仔細看了她一會。「好像是音樂班的。」

「音樂班？」

「對，她是音樂班的才女，叫葉芊芊，還曾經出國比賽，在朝會的時候上臺領獎，很有名呢！」

「音樂班？」音樂班的學生也許比不上其他成績資優的同學，但他們能對外表演、為校爭光，學校也是很寵這些人的。

看著葉芊芊跟赫磊有說有笑，兩人那麼親暱，黃允珍握緊拳頭，原本就肥頭大腦的她，臉色更是難看，整個臉漲成了豬肝色。

「葉芊芊，你給我記住！」

※　※　※

音樂廳裡，葉芊芊坐在鋼琴前獨自練曲。

下個月就要比賽了，如果得名的話，寒假還可以出國比賽，這對她來說是多麼光榮啊！不論是巴赫或是孟德爾頌，大調波蘭舞曲或是少女的祈禱，她都瞭如指掌，音樂向來是她的生命，她也以此為榮。

所以她常常在放學後，一個人留在音樂廳裡練習，直到警衛過來趕人，她才準備回家。

今天靈感源源不絕，她的指頭特別起勁，情感更為澎湃，也許和昨天跟赫磊見了面有關係吧？臉上一紅，少女的祈禱彈得更起勁了。

「啪！」

門扉倏然被推開，打斷了美妙的旋律，葉芊芊停下練習。

「誰？」她轉過頭，看到黃允珍和李辛惠站在門口。「是妳們？」這兩個特異獨行的女流氓，全校都認識。

「對啊！是我們。」黃允珍朝葉芊芊走去，葉芊芊不知道她們想要做什麼，只是坐在椅子上，緊張的看著她們。

「現在在彈什麼？要收垃圾了嗎？」李辛惠邊說邊笑了起來，黃允珍更是放肆的大笑，而葉芊芊臉上則是一陣紅一陣白。「少女的祈禱」是世界名曲，在臺灣卻被拿來當垃圾車的音樂行之有年，早已在大街小巷中根深蒂固，實在很難扭轉印象。

葉芊芊沒有講話，黃允珍搭上她的肩，葉芊芊感到雞皮疙瘩都起來了。

「才女耶！聽說妳下個月就要全國比賽了，恭喜啊！」黃允珍皮笑肉不笑，葉芊芊感受不到她的誠意。

「謝、謝謝。」葉芊芊想要站起來，卻被黃允珍用力壓了下去。纖弱又敏銳的她顫抖著問：「有、有什麼事嗎？」

「我們做個朋友嘛！」

葉芊芊驚懼的看著她，她向來和她們兩人沒什麼交集，為什麼會找上她？她怕拒絕的話，會被她們找碴，只好說：「好、好啊！」

李辛惠也笑了起來。「哇！我們跟資優生是朋友了耶！」

葉芊芊不敢講話，她雖然單純，卻也知道李辛惠的話不懷好意，只好選擇沉默，不敢開口。

「既然是朋友的話，那髮型也該跟我們一樣，換個特殊一點的造型。」黃允珍說著，不知道從那裡拿出了一把剪刀，在她面前晃呀晃的！

「妳要做什麼？」葉芊芊害怕得要跳了起來！卻被李辛惠一把抓住。

「沒什麼，幫妳換個髮型而已。」

「不要！不要！」葉芊芊幾乎哭了起來，頭髮是女人的第二生命，她們要動她的頭髮，豈不要她的命？

「別動！很快就好。」

「不要！不！」

「別客氣！」黃允珍陰險的微笑，開始在她髮上動手。

葉芊芊不敢逃跑，也不敢動，任憑黃允珍在她的頭上喀嚓喀嚓的剪著，她只能哭泣，淚水掉了下來。

隨著剪刀動作的聲響，她的腦袋直冒寒氣，轉眼之間，琴鍵上、椅子上，還有地上，都散落著被毀壞的秀髮。看著自己的頭髮輕易地被剪掉，葉芊芊傷心起來。

「哎呀！怎麼哭了？不喜歡嗎？」黃允珍用手抬起她的臉，見她哭得楚楚動人、梨花帶雨，更是令人妒忌。「還是要在這臉上也美容一下？」

「不！不要！」葉芊芊連忙搖頭，嚇得閉上了眼睛，深怕那剪刀真的就這樣劃了下來。

「妳很厲害嘛！妳很棒嘛！長這麼漂亮，又會彈鋼琴，難怪赫磊會喜歡妳？」黃允珍的利剪在她眼前打開又收起來，打開又收起來，葉芊芊的眼睛隨著那把利剪的開合而驚恐起來！

「沒、沒有。」

「沒有？難不成是我眼花了？妳跟赫磊在那裡打情罵俏，還說沒有？」黃允珍生起氣來，赫磊到現在都還沒有跟她說過一句話，而這個傢伙竟然霸占著赫磊，真是太過分了！

葉芊芊心生恐懼，淚水不停滾落下來，我見猶憐，見到她的淚水，黃允珍像看到毒蠍似的，厭惡道：

「哭？有什麼好哭的？」

葉芊芊也不想再惹她生氣，可是越這麼想，淚水就掉越兇，這反倒讓黃允珍生氣，不光是剪她的頭髮，開始剪她的衣服。

「哭？再哭啊！有本事再哭呀！哭呀！」她動手剪葉芊芊的衣服，受到驚嚇的葉芊芊離開了位置，想要逃跑，而李辛惠卻捉住了她，將她反身交給黃允珍。

「跑哪去？」她厭惡的朝她吐了口口水，她最討厭這種天之驕子，什麼都有，家世好、成績好，容貌好，未來一帆風順，人生無憂無慮，真是令人討厭。

「不要，拜託妳們，不要這樣！」葉芊芊哭喊起來，不過這音樂廳因為平常就讓音樂班的學生練習音樂，所以隔音設備相當完善，她的叫喊聲傳不出去。

「不要怎麼樣？是這樣？還是那樣？音樂班的？音樂班的又怎樣！自以為了不起是不是？」

「沒有、我沒有！」

「到底有哪裡好？我就搞不懂！」紅了眼的黃允珍，不斷剪破她的衣物，很快的，她的上衣都成碎片，無法蔽體，她開始朝裙子剪去。

「不——拜託妳們，不要！妳要什麼，我都給妳！妳不要這樣！」葉芊芊高聲叫著，黃允珍一愣。

「赫磊也要給我嗎？」

葉芊芊愣住了，赫磊？赫磊又不是東西，要怎麼給？她才不過遲疑了一會，黃允珍的剪刀就開始朝她的裙子剪去，她尖叫起來！

「啊！」

「妳這樣警告她就夠了嗎？」李辛惠突然開了口，她像欣賞一齣好戲似的，歪著頭看著葉芊芊。

「那要怎麼做？」黃允珍反問她。

「音樂才女呀……不如把她的手指剪掉，只要剪掉小指頭，」她伸出自己的左手小指。「不會影響她的性命，但是……」她陰冷的看著葉芊芊。「她再也無法彈琴了。」

葉芊芊越聽越駭然，她們可以剪掉她的頭髮，她們可以剪碎她的衣服，但是……她的手指，不行！音樂是她的生命，她將音樂擺在第一位，沒有音樂就沒有她，她們不能這麼做！

「不要！」她哭喊起來：「拜託妳們，不要這樣子，求求妳們！」

「這是個好主意。」黃允珍非常滿意。

「不！不！」葉芊芊不斷搖著頭，淚掉得更兇了。

「辛惠，幫我把她捉住！」

葉芊芊聞言，連忙往門口逃跑，不過她的速度不快，很快就被長跑健將李辛惠捉到了，李辛惠抓住她被剪短的頭髮，將她拽往地上，葉芊芊整個人倒在地上，李辛惠連給她站起來的機會都沒有，就像狗一樣拖著她走！

「不！不要！放開我！」淒厲的叫聲不絕於耳，而另外兩名少女，卻無動於衷。

「來囉！」黃允珍咧嘴笑著，跨坐在葉芊芊腰上，而李辛惠則將她的左手按在地上，抓出她的小指頭。

「不……不要！」葉芊芊拚命的想要將手抽回來，奈何柔弱的她，輕易的被箝制住，剪刀的利端固定在她的小指上，葉芊芊只能拚命哭、拚命喊：「不要！

拜託妳們不要！不要這樣子！」

「音樂班的嘛！很厲害嘛？」黃允珍的臉被陰影蓋住，唯一明顯的，是她大大的笑臉。

「沒有！沒有！」

「沒有嗎？看到妳這張臉，真是令人討厭！」

喀──

「啊！」

隨著一聲異物斷落的聲音，淒厲的慘叫聲跟鮮紅色的血液奔流了出來，那椎心刺骨的疼痛幾乎令人暈倒，卻又尖銳的讓人重新醒來！

「啊──啊──」

葉芊芊不斷的哀嚎，黃允珍從她身上站了起來，看著她不停的在地上打滾，僅存的衣物沾上顏色，身上都是殷紅的血跡，她身體蜷縮，抓住被剪斷的左手，巨大的痛苦從神經末稍擴散到全身，她好痛！好痛！

而始作俑者並沒感覺，李辛惠將葉芊芊斷落的手指拿了起來，丟到黃允珍身上。

「哎喲！妳不要這樣，很噁心耶！」

「那把它丟掉好了。」李辛惠正在想要怎麼解決時，黃允珍臉上突然露出神祕的微笑。

「等一下，給我好了。」

「妳要？」李辛惠錯愕的看著她。

「對啊！做紀念嘛！」黃允珍殘忍的說道，她接過還在抖動的手指，嘴角浮出笑意。

「妳要做什麼？」

「嘿嘿，不告訴妳。」黃允珍將指頭收了起來，像珍寶似的，小心翼翼的捧著，隨後對著還在地上哀嚎的葉芊芊吐了口口水。「哼！看妳還敢不敢跟我搶赫磊！這就是跟我作對的下場。」

看著黃允珍和李辛惠逐漸離去，葉芊芊想哭、想叫，已經沒了力氣，她的痛苦太過敏銳，她的全身都感受到痛楚，她的精神受到刺激，她的世界已然崩裂！

二　極端的示愛

等到葉芊芊被發現的時候，已經是兩個鐘頭以後的事情了，警衛為了驅趕還留在學校裡的人，巡了一趟校園，發現了她，連忙通知警方和葉芊芊的家人，火速將她送往醫院。

即使住院住了兩天，葉芊芊的狀況仍然不穩定。

「啊——」

「芊芊，怎麼了？」葉芊芊的母親跑了進去，葉芊芊看到了她，拉起棉被，蓋到自己的頭上，仍是不斷尖叫：

「啊！不要過來！不要——」

「芊芊！」葉母看著自己的女兒，淚流滿面，沒想到女兒快快樂樂的去學校，回來卻全身沾滿鮮血！誰？到底是誰傷害了她的女兒？

「淑鳳，有人來看芊芊了。」葉芊芊的父親沙啞的說道，女兒的受創，讓他受到重大的打擊。

「誰？」

「是赫磊。」

「赫磊嗎？」葉母擦乾了眼淚，痛心道：「看他能不能安慰芊芊，讓她鎮定下來。」赫磊和芊芊在交往，她不是不知道，赫磊的條件絕佳，和芊芊堪稱是絕配，只是現在……

「嗯。進來吧！」

赫磊就在葉父後面，得到葉芊芊父母的允許後，他走了進來。

躺在床上的少女，露出一雙驚恐的眼睛看著他們，原本飄逸的長髮被剪得亂七八糟，有的長、有的短，加上她的皮膚白皙，雙眼睜大，整個人彷彿像穿著衣服的骷髏。

看到喜愛的少女竟然變成這樣？赫磊不禁心痛起來。

二　極端的示愛

「芊芊？」

聽到赫磊的聲音，葉芊芊的視線集中在他的身上，看到他身上的制服，瑟縮了起來。

「不要過來！」

「芊芊……這是怎麼回事？」

「醫生說芊芊受到相當大的刺激，現在連我們都不能靠近。」葉母淚流滿面。

「芊芊，是我啊！我是赫磊。」赫磊勸慰著她。

「赫磊？赫磊……」這個名字，讓她有了意識，她哭了起來。

「芊芊，不要哭。」

「我現在的樣子很醜，你不要過來！」她相當介意自己是以怎樣的樣貌出現在心上人的面前。

「不、不，妳一點都不醜。」

「我好醜，我的頭髮變成這個樣子，我好醜！」葉芊芊用力拉著自己的頭髮，拉到頭皮發疼，她還在拉，等她張開手時，她的手掌上躺著數根稀落的秀髮。

「頭髮還會再長出來，沒有關係。」

「長不出來了、長不出來了……」葉芊芊不斷哭泣，淚流滿面，她說的不只是她的頭髮。

「會的，會長出來的，芊芊，你要快點好起來，快點出院，我還等著你彈你最喜愛的圓舞曲給我聽……」

彈琴？

一個少了指頭的人怎麼彈琴？就算能夠彈出曲子，整首音樂全都變了調，會有幾個音節失去，衣服破了可以換，頭髮剪了可以等它長，可是失去的手指，再也回不來了。

就算她到外頭去彈琴，人家也會對她指指點點，一個失去手指頭的音樂家，她要怎麼在音樂界立足？她要怎麼面對世人？她沒有辦法！沒有辦法！

二　極端的示愛

她失去了音樂，她失去了世界，失去了所有！這一切，都是她們害的！

「啊——」

葉芊芊跳了起來！所有人都被她嚇了一跳！葉芊芊以急速衝向窗戶，厚實的窗戶在她猛力的撞擊下，竟然碎裂！她的身體和玻璃碎片，就這樣從十多樓的高度掉了下去！

「啊！」

「芊芊——」

有驚哭，也有嘶聲厲吼，但都來不及了，躺在一樓水泥板上的，是全身血跡的芊芊，血液在她四周散開，就像一朵畸形的花卉……

※　　※　　※

「喂！你聽到了沒有？那個葉芊芊的事？」

「聽到了啊！好可憐喔！」

「怎麼會這樣呢？竟然就跳樓自殺了！她下個月還要比賽啊！」

「她的小指頭沒了，怎麼彈鋼琴?下個月的比賽，就算回來的話，我看也不用參加了。」

「好可惜喔!怎麼會這樣子啊?」

學校裡的學生議論紛紛，全部都在討論上禮拜三，在音樂教室裡遭到凌虐，禮拜六卻死亡的葉芊芊。

沒有人知道葉芊芊是怎麼遭到凌虐的，她死得太倉促，警方都來不及詢問，任何蛛絲馬跡都來不及捕捉。不論是或驚恐，或惋惜，唯一可以肯定的是，失去了小指頭的葉芊芊，是無法再繼續她的音樂生涯。

全校都在談論，經過這些流言的黃允珍和李辛惠，兩人互望了一眼，等到遠離談論的同學們，黃允珍忽然低聲問道：

「欸，妳覺得怎麼樣?」

「什麼怎麼樣?」

「葉芊芊啊!她竟然自殺了。」想不到葉芊芊竟然會自殺?黃允珍不禁惶恐起來。

「她自殺關我們什麼事?是她自己要死的，又不是我們害她死的。」李辛惠冷漠的道。

「妳覺得跟我們有沒有關係?」想給她教訓是一回事，不過並不包括取她的性命。

「有什麼關係?妳充其量不過是剪了她的一根手指，又不是妳把她推下樓的，跟我們有什麼關係?」李辛惠冷淡的說著。

這麼說好像也沒錯，黃允珍點了點頭。

「話說回來，」李辛惠突然想到一件事。「妳到底把那個藏在哪裡?」

「那個?」

「就是那個小指頭啊!」

「噓!」黃允珍摀住她的嘴，把她拉到旁邊，確定沒有人聽到她們的談話，才低聲埋怨:「小聲一點啦!」

「他們不知道我們在說什麼，倒是妳，到底把那個東西藏在哪裡？」

「嘿嘿！是個祕密。」黃允珍神祕兮兮的說。

「不會被人發現吧？」李辛惠心思較為細膩，不像黃允珍大剌剌的，情緒都顯現在臉上。

「放心，不會有人知道的。」

既然如此，李辛惠也放下心來，只要事情不洩露出去，管它藏在哪裡？更何況只是一根小小的指頭而已。

※　※　※

既然李辛惠都這麼說了，黃允珍也放下心來，本來她還有一點小小的愧疚呢！聽辛惠那麼說，那點愧疚也煙消雲散了。更何況，葉芊芊還是她的情敵呢！情敵既然消失了，她的心情舒暢起來，以後再也沒有人會跟她搶赫磊了。

赫磊赫磊，她這一切都是為了他呀！

葉芊芊已經不在了，其他人也不是什麼對手，那麼她得到赫磊就指日可待了。想到這裡，黃允珍的心情相當愉快。

「好了沒有？」黃允珍朝身後問，李辛惠正在幫她拉洋裝拉鍊。

「好了。」

「啊——」黃允珍慘叫一聲！原來拉鍊夾到她的肉了，李辛惠趕緊將拉鍊拉下，重新再拉一次。

「好了好了，可以了。」

黃允珍看著廁所裡的鏡子，滿意的轉了個圈，她穿著有著寬大袖子的公主洋裝，頭上還戴著有個紅色大蝴蝶結的髮箍，擦上口紅，將寬大的厚唇擦得有如血盆大口，卻自以為美麗。

「我這樣子，赫磊會喜歡我吧？」她問著李辛惠。

李辛惠實在不知道該說什麼，黃允珍的審美觀跟一般人不一樣。她隨便敷衍著：

「妳再不快一點，赫磊就要走了。」

「啊！糟糕！」黃允珍將制服塞進書包，然後跑了出去，李辛惠也跟在她的後面，來到了她們早就探查好的，赫磊每天放學都會經過的路。

赫磊每天都從學校側門回家，自從葉芊芊不在了以後，他仍然每天練球，可是再也沒有笑容，女朋友死了是事實，可是他沒辦法退出下個月的比賽，只好每天仍留下來練習，一直到太陽快下山才回家。

「好！今天就練到這裡，明天早上六點半到校，解散！」教練用口哨吹出響亮的嗶聲，籃球場上的人紛紛離開。

幾個和赫磊比較要好的隊員走了過來，拍拍他的肩。

「赫磊，要一起回家嗎？」

「不用了，我自己回家。」

「那我們先走了。」幾個男孩子也沒有再說什麼，紛紛拿起自己的東西離開。

葉芊芊離開之後，再也沒有人幫他遞水擦汗，一切都得他自己來。赫磊心中充滿了痛苦，更無法接受葉芊芊竟然當著自己的面，從十多樓跳了下去！她的死意那麼堅決，連那麼厚的玻璃都可以撞破！

為這件事，他做了一星期的心理輔導，好不容易才從葉芊芊的死亡陰影走出來。

他拎起書包，拿起水瓶，正準備回家。

「赫磊。」一個粗啞嗓子，特意用著嬌媚的聲音喊話，才剛運動完，全身都是汗的赫磊突然起了雞皮疙瘩。

轉過身，看到校園有名的女流氓，正穿著甜美的洋裝，還面露嬌羞的叫著他的名字，讓人頭皮發麻。

「什麼事？」

「那個……」黃允珍玩著手指，十分害羞，向他靠近。「我有事想跟你說。」

「什麼事？」赫磊退後幾步，跟她保持距離。

「那個啊！其實，我一直都很喜歡你，想要當你的女朋友，不知道可不可以？」黃允珍一點都不懂得含蓄，直接講了出來，聽到時，赫磊不禁愣了一下。

「什麼?」

「我想當你的女朋友。」

「我、我,對不起,我不行!」他突然結巴起來,沒辦法,黃允珍給他的打擊太大。

「為什麼?」黃允珍吼了起來!

「不為什麼。」

「你又沒有女朋友,葉芊芊也已經死了,為什麼我不能當你的女朋友?」黃允珍很沒氣質的喊起來。

「就算芊芊已經死了,我也不能接受妳當我的女朋友。」

「為什麼?」被人當面拒絕太難受,黃允珍快哭了。

「我不喜歡妳。」雖然他沒有跟她交談過,跟她也不認識,但黃允珍的名聲在學校相當響亮,而且還都是負面的,光這一點,他就已經把她剔除。

「為什麼你不喜歡我?為什麼?」黃允珍叫了起來!

「沒有為什麼。」赫磊準備離開，黃允珍卻一把抓住了他，滿臉淚痕。

「不可以，你不可以走。」

如果她是其他女孩子的話，他或許還會心軟，但眼前這個刻意打扮的女流氓，實在引不起他的同情，赫磊將手拉了回來，逕自離開。黃允珍趕緊追了上去，死纏爛打。

「為什麼要這樣對我？你為什麼要這樣對我？」

赫磊相當不耐煩，他的心情已經夠悶了，現在又要面對黃允珍，實在很討厭，他忍不住大吼！

「住手！也不想想自己長什麼樣子？還想當我女朋友？把手放開！」鄙視的意思相當濃厚。

黃允珍被他嚇了一跳！鬆開了手，赫磊趕緊離開，等他一走遠後，李辛惠跑了出來。

「允珍。」

「他不喜歡我、他不喜歡我……」看著赫磊離開，少女的淚水不禁流了下來。

「沒關係，他不喜歡妳，我們可以再找別人。」

「他不喜歡我，他不喜歡我，他敢不喜歡我，好，我就讓他知道，不喜歡我的後果。」黃允珍擦去了淚水，眼中卻布滿恨意。

李辛惠愣了一下。「妳說什麼？」

「我要他知道，拒絕我的代價。」得不到的，就要破壞。

※　※　※

早上六點半一到，籃球場上就已經聚集著籃球隊員，教練帶領著他們，準備開始做暖身操。

「赫磊呢？來了沒有？」教練巡了一下，沒有看到人。

「教練，我在這裡。」赫磊最後一個到達，他放下東西，走到隊員集合的地方，教練滿意了。

二　極端的示愛

「好，大家一起去跑操場，跑個兩圈。開始！一、二、一、二！」教練吹著口哨，帶領著大家一起跑，離開了籃球場，他們所放的東西，像是書包或是衣服，也就沒人看管了。

而這時候，兩名少女悄悄的出現。

「妳確定要這麼做？」李辛惠問著黃允珍，雖然她們平常壞事做絕，違反校規，但是下毒這回事，她還是有點忐忑。

「對啊！」

「萬一死人怎麼辦？」

「葉芊芊死掉，妳都說沒什麼事，怎麼赫磊死的話，妳就擔心呢？」黃允珍睨了她一眼。

「話不是這麼說，葉芊芊是她自己跳樓的，跟我們當然沒關係，可是妳下毒的話，就是直接殺人，當然有關係了。」其中利害，孰輕孰重，她還是分的出來的。

「放心，我只是要給他一點教訓，誰叫他不讓我當他女朋友。」黃允珍說著，拿起赫磊的水壺，打開了蓋子，倒進了一些粉末，然後放了下來。「好了，我們走吧！」

趁著籃球隊員還沒回來，兩人趕緊離開。

跑了兩圈之後，教練帶著所有人都到場上練習，經過了半小時的投籃練習之後，他才放大家去喝水。

赫磊拿起水壺，大口灌下，等他發覺到味道有異時，已經吞了兩、三口，連忙吐了出來。

「赫磊，怎麼了？」旁邊的隊員問道。

「這水味道怪怪的……」他突然捂住自己的嘴巴，臉色變得慘白，然後跑到一邊嘔吐起來。

「赫磊，你怎麼了？」教練見狀，連忙跑了過來。

「好痛……」赫磊感到胃部一陣疼痛，他倒在地上，全身開始痙攣，眾人連忙圍了過去。

「赫磊，你怎麼了？」

「赫磊！」

※　※　※

赫磊被緊急送醫，得住院觀察三天，這幾天，學校裡流言四起，有人甚至說是葉芊芊要帶走赫磊，聽到這說法的黃允珍，忍不住噗哧一笑，引起旁人的側目，她趕緊拉著李辛惠離開。

「妳要去醫院？」李辛惠蹙著眉。

「對啊！」

「妳去醫院幹什麼？妳要去看赫磊嗎？」

「沒錯。」她一個翻身，已經從圍牆翻出，李辛惠也跟在她的後面，俐落的離開校園。

「妳去看他做什麼？他已經住院了，這不正是妳要的嗎？」

「我只是要他知道，拒絕我的話，會有什麼後果？」她既然得不到，別人也休想得到！黃允珍跳上了公車。

李辛惠跟著她上了公車，兩人抵達醫院，找到了赫磊的病房，走了進去，裡頭除了正在吊點滴的赫磊，沒有其他人。見到她們，赫磊不免吃了一驚！

「妳怎麼來了？」

「我來看你呀！」黃允珍笑咪咪的走了過去，赫磊只感到噁心。

「不用了。」

「幹嘛拒人於千里之外？人家可是很喜歡你的。」既然表白的話都開口了，黃允珍也就大方的承認。

「我不需要，謝謝。」

碰了一鼻子灰的黃允珍，鼻子噴出氣來。「欸，你這個人怎麼這樣？我都說我喜歡你了，你竟然說那種話！」

「妳喜歡我，我並不一定要喜歡妳。」聽到這話的黃允珍忍不住跺腳，生起氣來！

「是不是葉芊芊的關係？她人都死了，你還這樣！」她惱怒的大吼！

「不關芊芊的事。」

「葉芊芊真是個混帳，死前纏著你，死後還這樣，她真是個爛咖！難怪會死得那麼慘！」黃允珍脫口而出，她的話刺激到赫磊，忍不住從病床跳了起來！

「不准妳這樣說芊芊！」

「怎麼樣？我就是要說！她是爛咖！爛咖！人都死了還跟我搶你！早知道我就把她十根手指頭都剁下來……」李辛惠的手突然捂住她的嘴，黃允珍咿咿唔唔的，後知後覺，才發現自己說了什麼。

「妳說什麼？」赫磊聽出不對勁。

「沒什麼，我們要回去了。」李辛惠拉著黃允珍就要走，赫磊衝了過來！

由於用力過猛，他手背上的針筒都扯了下來，泛出血絲，但他不在乎，他關心的是：

「等一下！芊芊的死，跟妳們有什麼關係？」

「沒、沒有啊！」黃允珍害怕起來。

「那妳為什麼說，要把她的手指頭都剁下來？」芊芊最在意的就是她那雙彈鋼琴的手，結果竟然少了一指？難怪她會痛苦的跳下樓。

「我隨便亂講的啦！」

「芊芊的死，到底跟妳們有什麼關係？」他大吼起來！

「沒有，跟我們沒關係！她自己跳下樓的，不是嗎？」李辛惠趕緊打圓場，拉著黃允珍道：「好了，我們該走了！」說著就拉著黃允珍，快速的跑離病房。

「回來！」赫磊跟在後頭，憤怒的大叫！

兩個做虧心事的少女快速離開，等到跑出醫院，兩人才緩下來，李辛惠放開黃允珍的手，用手捶了她一下！

「欸！妳幹什麼？差點把事情說出來了。」

「我又不是故意的。」

二　極端的示愛

「差一點就被發現了！叫妳不要來，妳就偏偏要來。」李辛惠多是責難，黃允珍有所不服。

「妳也可以不要來啊！」

「真受不了妳，真是的！我們回去吧！」

三　失落的頭髮

「媽，我等下要洗澡的衣服呢！」黃允珍大叫起來！

「已經放在妳的床上了。」

黃允珍走到房間，拿起母親為她準備好的衣物和浴巾，走了浴室，脫掉衣服，打開蓮蓬頭，讓水灑落下來。

已經跟赫磊決裂了，他們不可能在一起了，黃允珍不禁嘆了口氣，她幹嘛那麼愚蠢？斷了自己的後路，不要去看他不就好了？這下連跟赫磊接觸的機會也沒有了。

黃允珍心情相當差，卻也無可奈何，她站在蓮蓬頭底下，等水浸溼她的頭髮後，她去拿洗髮精，倒了些在手上，然後兩手摩擦，直到生出泡沫，她開始洗起頭髮來，等洗到差不多後，再用蓮蓬頭的水沖掉。

三　失落的頭髮

她拿起沐浴乳塗抹全身，正在清洗之際，覺得腳底下有什麼怪怪的，到底是哪裡不對勁？她光著身體蹲了下來，看了看排水孔。

耶？她的頭髮怎麼會掉那麼多？平常洗的時候，了不起掉七、八根，現在多到嚇死人，她抓了一下，起碼有一把。

難道是她在染髮的時候，沒有護髮的緣故嗎？上個月她為了貪圖方便，只染了頭髮，沒有護髮，回來時也沒有覺得怎麼樣，難道現在開始掉髮了嗎？

不管了，先出去再說，黃允珍擦乾身體，正準備拿衣服來穿時，卻發現她的衣服都破破爛爛的，不僅她的上衣，還有她的褲子，都被剪得亂七八糟！她生起氣來，隨便將浴巾包住身體，就衝了出來！

「黃光明，你給我出來！」她大吼著！

正在寫功課的黃光明嚇了一跳！轉過身體，他的老姊只圍著浴巾站在他的房間門口，正惡狠狠的瞪著他。

「幹嘛？」黃光明也不客氣的吼回去。

「你幹嘛剪我的衣服？」

「誰剪妳的衣服？」

黃允珍將衣服和褲子丟到他的面前。「你看，這是怎麼回事？」

「我怎麼知道怎麼回事？我在寫功課耶！」黃光明將碎得亂七八糟的衣服，丟還給她。

「難道不是你趁我洗澡的時候，跑進浴室偷剪的嗎？」

「拜託！誰會去做那麼無聊的事？再說妳洗澡的時候，不會關門嗎？」黃光明不服的道。

對喔！黃允珍被他一提醒，才想起來，她洗澡的時候，都會鎖門的，外面的人是進不去的，就算是黃光明會做這種事，他怎麼進去？可是除了他之外，還會有誰這麼做？

「明明就是你！」

「就跟你說過不是我！」

一個寒意襲來，黃允珍打了個哆嗦，她打了個噴嚏，揉了揉鼻子，不滿的道：

「我先去穿衣服，你給我記住！」

※　※　※

既然衣服被剪壞了，沒有辦法穿，黃允珍只好再去拿另外一套衣服穿上，然後坐上餐桌。

「媽，黃光明把我剛才要穿的衣服剪壞了。」她一上桌就告狀。

「不是我！」黃光明叫了起來！

「不是你還有誰？」黃允珍惡狠狠的看著他，除了他這個老弟之外，誰會去亂動她的衣服？

「我怎麼知道？」黃光明也不甘示弱。

「好了好了！別吵了，快點吃飯，你們爸爸今天晚上不在家，你們給我乖一點！」黃母將盛好的飯放在碗公裡，遞給面前的孩子。

黃允珍和黃光明互瞪了一眼，拿起碗公，大快朵頤起來，基本上，他們一家的食量和身材成正比，就連黃母也是，食物進到他們的體內，真是一點都不浪費。

「你給我記住！」黃允珍吃完之後，還不忘對黃光明威脅。

「就跟你說過不是我！」

「不是你才有鬼！」黃允珍罵了一句，就回到自己的房間去了。進到充滿浪漫氣息的房間，到處都是高級的布偶或裝飾，她也不管擺不擺得下，只要喜歡的，想盡辦法都要拿回來。

她打開櫃子，看到本來想穿給赫磊看的洋裝，又將它塞了回去，這件洋裝，她不可能再穿給任何人看了。心情好難過喔！算了，睡覺好了，睡一覺起來就沒事了。

看看時間也差不多了，黃允珍整理一下東西，上床倒頭就睡，很快的，就發出了酣聲。

三　失落的頭髮

突然間，她醒了過來！

以前也有過這種狀況，她被自己的打呼聲嚇醒，所以突然醒過來這回事，她並不會很在意，轉個身繼續睡。

不過旁邊有聲音，真是吵死了，準是老爸或是老媽也在打呼，讓她睡不了覺，真是氣死人了，黃允珍想要咒罵，忽然間，她發現這不是老爸老媽打呼的聲音，這些聲音……是笑聲？

嘻嘻嘻嘻……

呵呵呵呵……

見鬼了！半夜會是誰在笑？而且不像只有一個，像是很多人，悶著聲音在笑似的。

她把棉被推開，想要聽清楚半夜是誰在笑？卻不清楚方向，那笑聲，像是從四面八方湧來，在她耳邊不斷嘻笑，幾乎讓她以為是耳鳴，可是那笑聲細微像針般，滲入她的耳朵，讓人不舒服。

閉嘴！閉嘴！閉嘴！

她在心中大吼！那笑聲依舊不止歇，黃允珍搞不清楚究竟是真的有人在笑？還是她的耳朵出了問題，心中發毛！

她驀然大吼一聲——

「啊！」

「黃允珍，妳在幹嘛？」隔壁房傳來一聲咒罵，看來黃光明被她吵醒，脾氣很不好。

「沒幹嘛！睡你的覺啦！」

隔壁不再有聲音，看來黃光明也睡了，而所有的笑聲都停止了，那麼剛才那些聲音，是她的錯覺了？

黃允珍閉上眼睛，繼續睡她的覺。

※　※　※

等她醒過來時，已經下課了。黃允珍看著教室裡走動的同學，還有李辛惠

三　失落的頭髮

那張嫌惡的臉，不爽起來。

「幹嘛？」

「妳剛剛打呼很大聲知不知道？」

「啊？」

「妳看妳看，嘴角還有口水。」李辛惠指著她的嘴角，黃允珍用袖子擦了一下，打了個大呵欠。

「下課了啊？」她伸了個懶腰。

「對啊！妳在做什麼？整堂課都是妳打呼的聲音，昨天沒睡覺是不是？」李辛惠問，平常黃允珍雖然也會打呼，不過沒有像剛才那麼誇張，整間教室都是她的聲音。

「有啊！可是好吵，根本睡不著。」

李辛惠難以置信的看著她，照剛才那樣子，很難想像有什麼情況會吵得讓黃允珍睡不著？

「為什麼?」

「我也不知道，昨天晚上，不知道怎麼搞的，一直有人在笑，後來我喊了一聲就沒有了，可是又開始有聲音，我一直被吵到早上。」想到昨天被那些笑聲折騰，搞得不能睡覺，她就火大。

「笑?」

「對啊!害我都沒睡好。」

「難怪，睡眠品質不好的話，也會掉頭髮喔!妳自己注意一下。」李辛惠好意提醒她。

「什麼意思?」

「妳看妳的身上都是頭髮，把它清一清啦!」李辛惠從她身上撿起一根頭髮，用大拇指和食指夾著，遞到她的面前。

咦?她怎麼又掉頭髮了?黃允珍下意識的抓了下頭髮，七、八根頭髮又被她拔了下來，她大叫起來:

「怎麼會這樣？」

「妳自己注意一下，這兩天妳一直在掉頭髮。」李辛惠幫她從衣服上撿起不少頭髮。

「一定是那家染髮劑有問題啦！我以前去染都沒事，這一次就有事！」黃允珍邊撿頭髮邊咒罵，將過錯都推到他人身上。

「下次就換一家吧！」

※　※　※

「不能再掉了，再掉頭髮都沒了。」黃允珍一邊喃喃，一邊將護髮產品往頭上抹，雖然她頭髮很多，但這樣子掉下去，也是令人擔心的。最近諸事不順，不但愛情沒了，連頭髮也要沒了嗎？

站在浴室裡的鏡子前，她照著產品上的包裝說明，抹完之後，順便做起頭皮按摩，等按摩完後，她拿起蓮蓬頭開始沖水，護髮產品順著她的身體流到地上，卻是紅色的？

「咦?怎麼會這樣?」她看著地上疑惑起來，她買的這牌護髮乳，明明是乳白色的，怎麼沖洗後就變成紅色了?

還是這跟什麼竹炭洗髮精一樣?倒出來是黑的，產生泡沫後就成白色了?如此一來，黃允珍也沒什麼在意，可是這紅色液體黏黏的，有點奇怪，難道她買到劣質品嗎?

她真是衰，先是染髮出問題，現在護髮又有事，她還是趕快把這些奇怪的護髮乳洗掉好了。

等黃允珍洗完身體，踏出了浴室，黃光明踏進浴室，隨後跑了出來，大叫了起來:「黃允珍!」

「做什麼?」黃允珍不服他的語氣，也叫了回去。

「妳看地上，都是妳的頭髮，把它清乾淨啦!」黃光明叫了起來!

咦?黃允珍跑到浴室內一看，地上都是她的頭髮，比昨天的還要多，量多到令人心驚膽跳!

「怎麼會這樣?」她叫了起來,她不是才剛抹護髮產品嗎?怎麼一下子又掉這麼多?黃允珍恐懼的摸著自己的頭髮,深怕頭髮掉光光。

「妳把妳的頭髮撿起來啦!」黃光明不曉得她的心理,逕自催促著。

「你不會幫忙撿一下啊?」黃允珍沒好氣的道。

「自己的頭髮自己撿,要是不撿的話,妳的頭髮就會掉光光!」黃光明故意說道,黃允珍受到刺激,尖叫了起來:

「你再說!你再說!」她伸手要去抓他。

「要不然就去弄乾淨呀!」

因為頭髮掉光光那句話,讓黃允珍心頭有疙瘩,她不甘不願進到浴室,將地上的頭髮一一的撿起來,丟到垃圾筒。如果不處理的話,等一下流到排水管堵住,到時候更麻煩。

只是……為什麼會這樣?她吃得好,也睡得好,除了傷感為什麼赫磊都不喜歡她,這樣也會掉頭髮嗎?

花了十幾分鐘後，將浴室地上清理乾淨，為了怕髮質再受到傷害，她連吹風機都不敢吹，就用浴巾包著頭髮吃飯、看電視，等到要睡覺的時候，頭髮也乾得差不多了。

臨睡前，她將浴巾拿了下來，準備上床睡覺，發現浴巾上面也有頭髮？怎麼會這樣？黃允珍快要抓狂了！再這樣掉下去的話，她真的會變成光頭！她沒有什麼好害怕的，卻怕她的頭髮掉光！

不論她的長相如何，只要是女孩子，對於自己的外表都是很介意的。

黃允珍感到恐懼，她會不會生了什麼病？要不要去看醫生？她可不要到時候變成一個大光頭。

再怎麼恐懼，也敵不過睡意，黃允珍很快就睡著了。

※　※　※

這夜，她睡得相當安寧，沒有其他聲音來煩她，一如往常，只有她的酣聲在房間迴盪。

三　失落的頭髮

直到她感到頭皮刺刺的、麻麻的，再次醒了過來。

她的頭皮，像有無數根針在刺似的，又疼又麻又癢，她在心底咒罵起來，難道是晚上那個變質的護髮乳嗎？奇怪，最近怎麼這麼衰？老是碰到這種事？

由於整個頭皮實在太難受，她伸出手，想要抓一下，看能不能止癢，卻覺得怪怪的，她的頭髮……像有外力在拉扯似的，每根都豎得直直的，她放下手，推開棉被，睜開了眼睛。

這……這是怎麼回事？

真的有手，無數隻的手，憑空冒出來的手，抓著她的頭髮，他們不停的拉扯，像要將她的頭髮拔掉似的，恐懼的感覺鑽了出來，她的手腳發冷，遍體生涼，看著數十隻的手，像是拚了命要將她的頭髮拔掉，她忍不住叫了起來——

「啊啊啊！」

「怎麼了？」

「發生了什麼事？」

黃家的人爭先恐後的跑了進來，以高大威武的黃父一馬當先，黃母緊接在後，將房間的燈打開，而黃光明則落在最後。

「允珍，發生了什麼事？」黃母問道。

當燈打開的那一剎那，所有的手立刻消失，刺疼的感覺也不見了，黃允珍連忙爬下床，連滾帶爬，一把鼻涕一把眼淚奔向父母。

「媽！救我！媽！」

「允珍，到底怎麼了？」

「剛剛有手……有好多手……」她害怕的哭了起來，鼻涕跟眼淚都混在一起了。

「哪裡有手？」黃光明看了看四周，很正常啊！

「剛剛……真的有好多手，它們在拔我的頭髮！」想到剛才的情況，黃允珍就嚇得魂不附體。

「拔妳的頭髮？到底是怎麼搞的？來，我看看。」由於黃允珍將頭埋在黃母的懷抱，根本看不到她的臉，黃母將黃允珍稍微推開，才能看清楚到底發生什麼事？

沒想到黃母在推開黃允珍後，神色詭異，向後退了一步。

「媽，怎麼了？」

黃母沒有說話，只是抖著雙唇，黃允珍急了，向父親求救：「爸，媽到底怎麼了？」

黃父跟黃母一樣，只是臉色更加難看。

「姊！妳的臉！」黃光明指著黃允珍，神色大駭！

「我的臉怎麼了？」她急了。

「妳妳妳……」

見黃光明一直你個半天，卻什麼也說不出來，黃允珍急了，乾脆衝到鏡子旁邊，看看發生什麼事？

不看還好，一看，她立刻放聲尖叫起來！

「啊！」

那不是她的臉！不是她的臉！她整張臉紅腫發爛，就像嚴重的青春痘，密密麻麻占據了整個臉孔，雙頰、鼻子、下巴、額頭，全都又紅又爛，似乎只要一擠，就會有膿汁噴出來！只剩下兩個眼睛還算正常，卻布滿血絲！

不！這不是她！不是她！不是——

※　　※　　※

「這是過敏。」

「怎麼會？我從來沒有這樣子啊！」黃允珍叫了起來！開始懷疑眼前的醫生到底有沒有醫術？

「以前沒有，不代表未來就不會有，過敏可能跟體質或氣候而有所變化。妳最近有沒有擦什麼東西？」

「我有擦乳液。」

「現在先停止擦那些，妳的飲食有什麼改變嗎？」

「沒有啊！」

「從現在開始，妳最好記錄一下妳每天吃的食物，找出過敏源，我會給妳一些藥，拿回去擦，如果有什麼問題的話，再回來複診。」話說到此，算是結束了。

黃允珍戴著口罩，跟著母親走出看診間，嘀嘀咕咕：「什麼爛醫生，什麼我過敏？我從來沒有過敏，怎麼會過敏？」

「允珍，媽去拿藥，你在這裡等一下。」

黃允珍看著玻璃門反射的自己，感到嫌惡。她的身材本來就臃腫，這下又戴著口罩，口罩遮不住的部分，依舊是紅腫潰爛。

到底是怎麼回事？人的臉怎麼可能在一夕之間就變成這樣？雖然醫生說是過敏，但也太誇張了，不過一個晚上的時間，她的臉就變成一個大膿瘡，好醜！醜斃了！

嘻嘻……

呵呵……

那個奇怪的笑聲又在她耳邊響起，黃允珍回頭一看，候診區有兩、三個歐巴桑，正在大聲聊天，還不時傳來誇張的笑聲，是她們嗎？

「允珍，走吧！」黃母走了過來，黃允珍跟著母親準備離開診所的時候，那笑聲突然變得尖銳，像箭矢似的，劃破了她的耳膜，她的耳朵疼痛，忍不住大叫了起來！

「啊！」

「允珍，怎麼了？」

「我的耳朵剛剛突然痛起來。」她拉了拉耳朵，已經恢復正常，只是身體上連續出狀況，讓她心有餘悸。

「耳朵會痛？我帶妳去看耳鼻喉科吧！」

四　缺指的掌印

黃允珍到學校後，已經是兩天以後的事情，她出現在班上時，戴著口罩，頭上還戴著帽子，眾人皆以驚疑的眼光看著她。

「看三小？」她破口大罵，大眼瞪著他們，其他人連忙轉過頭去，不過卻掩飾不了猜疑。

黃允珍走到座位，坐了下來。

「欸，妳怎麼了？」李辛惠用腳踢了踢她的椅子。

「過敏。」

「過敏？」李辛惠看著她的皮膚，沒遮住的地方就已經腫爛得嚇人，那沒遮住的地方豈不更糟糕？「天啊！妳毀容了？」

「妳才毀容咧！」黃允珍也很不客氣踹了回去。

「難怪妳這兩天沒來學校，去看醫生了沒有？」

「看了，他說是過敏，拜託，我以前都沒過敏，現在怎麼會過敏？而且他的意思是我擦的乳液有問題，我已經擦了兩、三個月，怎麼可能會過敏？而且那一罐那麼貴，怎麼可能會過敏？」黃允珍想到她買的高級保養品竟然不能繼續使用，就感到心痛。

「妳就先暫停一陣子吧！把臉治好再說吧！」

「嗯。」

「那妳戴帽子做什麼？」大熱天的，戴什麼帽子？

「這個……」黃允珍為難的道：「妳過來一下。」她拉著李辛惠到廁所，把帽子掀開給她看。

「天啊！怎麼會這樣？」

黃允珍的頭髮短歸短，卻向來茂密，如今頭頂卻開始稀疏，都可以看到頭皮了！

「我也不知道，早上才這樣子。」她將帽子重新戴上。她不知道跟那些拔她頭髮的手有沒有關係？可是說出來未免太駭人。

「妳要不要去大醫院檢查一下。」

「再說吧！」

「萬一更糟糕的話怎麼辦？」

「呸呸呸！妳不要說就沒事啦！」

既然勸也勸不聽，李辛惠也懶得理她了。「妳自己看著辦。」

※　　※　　※

「笑！再笑！妳再笑呀！」黃允珍粗聲的吼著，而在她腳下的女孩則哀嚎著：

「啊！學姊，不要這樣！」

「笑我嘛！很好笑是不是？我就讓妳笑不出來！」黃允珍氣不過，抓著女孩的頭髮，往旁邊一甩，女孩承受不住這力道，往旁邊跌了過去，左臉被圍牆的鐵欄杆刮破，痛得她大叫了起來！

「啊！」

「妳們在幹什麼？」一聲怒吼從她們身後響起，李辛惠轉頭一看，是赫磊！他怒氣沖沖的看著她們。

「你出院了啊？」李辛惠淡淡的道。

臉頰流出血液的女孩子一直哭，她摀住傷口，血還是從她指縫中流出來。赫磊見狀，連忙上去，掏出面紙遞給了她。

黃允珍看到這個樣子，又叫了起來：「赫磊！你喜歡她是不是？」如果他喜歡這個學妹的話，她就要她好看！

「這跟喜不喜歡沒有關係，妳們在做什麼？」赫磊瞪著她們。

「是她自己瞄我的。」想到這個學妹經過她身邊時，看到她戴著口罩，突然笑了起來，那笑聲有著輕蔑，黃允珍一時氣不過，就把這個學妹抓來教訓。

四　缺指的掌印

「人家不過看了妳一眼，有必要這樣子嗎？」赫磊憤憤的道。

「對啊！我就是不爽！」

「妳太過分了！她什麼都沒有做，妳竟然就這樣對她？還把她的臉打到流血！」

「你搞清楚，是她自己撞到欄杆的，可不是我。」黃允珍耍賴著。

「妳！妳會有報應的！」赫磊氣得吹鬍子瞪眼睛，要不是不想淪為跟她們一樣，他早就動手了！

「報應？哈！好啊！快點來啊！」

「說不定，報應已經來了，妳變成這個樣子，就是報應吧？」赫磊氣壞了！忍不住用言語攻擊她。

「你說什麼？」黃允珍一愣。

「不是嗎？」赫磊將她上下打量，看著她沒被口罩遮住的部分，仍是紅瘡膿皰，不禁露出譏笑。

「你不可以笑！」黃允珍急了！

「比起妳對其他人做的，我只不過笑一笑，妳就不舒服了，那他們被妳欺負，妳覺得公平嗎？」赫磊義正詞嚴的說著。

「你為什麼一直替別人說話？」黃允珍尖叫起來！

「是妳太過分了！」

「我怎麼會喜歡上你！你實在太可惡了！早知道我就應該讓你再住院住久一點！」黃允珍氣到口不擇言，李辛惠見狀不對，大喝一聲！

「允珍！」

發現自己差點露餡，黃允珍連忙捂住嘴巴，跟李辛惠一起離開，而她的話，引起赫磊的注意，有什麼是他不知道的嗎？不過旁邊的學妹不斷的哭泣，打斷他的思緒。赫磊走了上前，將她扶了起來。

「學妹，走，我陪妳去保健室。」

到了保健室之後，裡頭的護士問清楚狀況，幫她消毒上藥，看了看皮膚狀況，擔憂的道：

「傷口很深，恐怕會留下疤痕。」

「那怎麼辦？」女孩驚恐起來。

「現在有些去疤的藥，不知道有沒有效果，如果還是不能的話，可以去雷射美容。」

原本好好的臉蛋，竟然會留下疤痕？女孩不禁痛哭失聲。「我的臉！」

「學妹……」赫磊不知道怎麼安慰女生，而女孩只是不斷痛哭，她好恨！

※　　※　　※

「妳實在太大意了，萬一被赫磊發現是妳下毒的怎麼辦？」李辛惠睨眼看她，不爽她的口無遮攔。

「發現就發現，要不然他想怎麼樣？」黃允珍火大的說。

「最好是。」李辛惠了解她，黃允珍只會逞口舌之快，如果事情被發現的話，她們兩個都吃不完兜著走。

「煩死了！」不是感情受困，就是身體出狀況，黃允珍悶死了！她在 7-11 裡亂逛，剛好看到架上在賣星座書，她拿起屬於她的星座書，走到櫃檯去結帳。

「我要看看我最近到底是怎麼回事？」

「妳慢慢看吧！我要回家了。」

「嗯，拜拜。」

兩人步出 7-11 之後，往不同的方向離開。回到家的黃允珍，把所有的事情做完，等要睡覺之前，拿起星座書來看。

真是煩透了，要到什麼時候，她的衰運才會離開呀？不僅她的愛情沒有著落，連身體也老是出狀況。她認為最近出事，都是運氣不好的關係，看星座書上有沒有什麼辦法，可以化解？

但是那天晚上，她看到的那些手，是怎麼回事？是在作夢嗎？如果是夢的話，為什麼她的頭皮會痛？

害怕那天晚上的事情會再發生，現在黃允珍要睡覺的時候，都戴頂帽子。

雖然可能沒什麼用，至少能有心理安慰。

「運氣欠佳，身體恐會有疾病，要小心災厄，什麼災厄？難道還會再出事嗎？」她嘀咕著，將星座書蓋了起來，丟到桌上。已經夠倒楣了，再看到這個月的運勢，更令人心情低落，她將腳翹到桌上，看著外面的夜色。

明天是禮拜六，不用上課，這樣也好，待在家裡的時候，她就可以不用戴口罩了。

啊！她的臉怎麼會變成這樣子啦！這樣怎麼見人？黃允珍哀怨的想著。

突然一隻手抓住她的腳，把她用力拉到地上，黃允珍整個屁股掉到地上，背部受到撞擊！

「可惡！那個王八蛋！@＃$%……」她開始罵出成串的三字經，但是房間除了她之外，哪有其他人？

奇怪了，誰拉她？

黃允珍左右張望，看不到人，一定又是黃光明，那個傢伙最會搗蛋，由其是那張賤嘴巴，每次看到她的臉就叫鬼來了，故意惹她，一定是他搞的鬼！

「黃光明！」她跑到門口，打開門，大叫起來！

「光明去補習還沒有回來！」黃母的聲音從客廳傳了進來，還有熱鬧的聲音，看來黃母正在看電視。

黃家從來不重視女孩的課業，所以黃允珍不論成績多爛，都沒有關係，但黃光明是黃家的男孩，黃家將希望都放在他身上，所以對黃光明的要求，比黃允珍高多了。

黃光明出去補習了？那剛才是誰拉她？

詭異的感覺如毛毛蟲般，從她的背部爬了上來，她感到恐懼，環視著四周，忍不住嚥了口唾液。

「到底怎麼回事？」她感到不安，難道是錯覺？可是那被拉扯的感覺也太明顯了。

算了算了！她乾脆跳上床去，直接睡覺，只要睡一覺起來後，就沒事了。

睡覺，就是這樣。

存著僥倖的心理，黃允珍用棉被蒙住頭，不到十分鐘，酣聲已經開始出來。

「呼……呼……」

外頭傳來什麼聲響，她不清楚，就算黃光明補習晚歸，在外面弄出聲音來，她也照睡不誤，直到有人玩弄她的腳趾。

是的，有人不停的弄她的腳趾頭，打斷她的睡眠，讓她從安穩的睡眠當中醒來，感到有人在弄她，她有點生氣，但因為十分想睡覺，她將腳縮到棉被裡繼續睡。

而對方還不知收斂，掀開了她的棉被，繼續玩她的腳趾頭，接下來更可惡了，竟然拿針似的東西，戳刺她的腳底，讓她忍不住痛醒！

「啊！」

黃允珍張開眼睛，感到腳底的痛楚，她縮回了腳，但那痛楚清晰而明顯，就像是拿針或拿刀，不停的刺著她的腳底。

「不要再刺了！」她跳了起來！又是黃光明！她下意識的想著，等她張開眼睛，正想好好罵著對方時，發現房間一片黑暗，而她的床邊，有著一團比黑暗更厚重的陰影。

是她的錯覺嗎？為什麼她覺得那團陰影在盯著她看？

嘻嘻嘻……

呵呵呵……

又是那些笑聲，那些笑聲又傳了出來，這次比以前都更清晰，就像有人在旁邊揶揄、嘲弄，那些訕笑，讓人家打從心底不舒服。她恐懼的看著眼前，沒有記錯的話，她睡覺之前，並沒有關燈呀！

而腳底那團說不出形狀的陰影，覆蓋住她的腳，黃允珍不斷的踢，卻踢不掉，那團陰影像有生命似的，鑽入了她的棉被，她的棉被鼓了起來，然後在她胸前掀起來……

那是……一張破碎而扭曲的臉，掛著凌亂的頭髮，整張臉像是拼圖似的，

四　缺指的掌印

以血絲湊合而成，而那張臉的嘴巴，傳出了恐怖的笑聲，那些笑聲像是匯集了許多人的笑聲，狂亂而重疊！她甚至可以看到那血盆大口中似乎還藏著許多人。

「啊啊！不要！走開！」黃允珍嚇壞了，她轉身就往地上倒，整個人跌下床，無奈腳已發軟，根本不聽使喚。

那張破碎的臉從棉被裡頭伸了出來，並且伸出了手，抓著她的右腳，感到一陣陰冷冰涼，寒意刺骨，黃允珍叫了起來：

「不！不！」

那隻手緊緊抓著她的右小腿肚不放，牢牢的箝制，黃允珍的鼻涕跟眼淚一起湧了出來，她想要大喊，卻聽到：

「還、我、指頭、來……」

「葉芊芊……不要……」她哭得亂七八糟，淚如湧泉，就是為了躲避眼前的女鬼。

「還、我、指頭、來！」那女鬼抓住她的腳，如同無骨的身體，緩緩爬到她的身上。

「沒有、我沒有！」

「還我、指、頭、來！」那張臉已經湊到她的面前，並且在她的眼前放大。

「不知道、我不知道！」黃允珍已經不知道自己在說什麼了？她大吼大叫！外頭則傳來敲門的聲音。

「允珍，你怎麼了？」是黃母的聲音。

「媽……救我！」她轉身想要爬出房間，身後的那個鬼，依然壓在她的身上，用著破碎而停頓的聲音道：

「還、我指頭、來！」

她的手掌伸到黃允珍的面前，黃允珍清清楚楚的看到那隻原本應該是左手的手掌，少了一根手指頭……黃允珍受不了刺激，整個人暈了過去！

※　※　※

「辛惠，有人找妳。」李辛惠的母親敞開喉嚨大叫！李辛惠經過她身邊時，白了她一眼。

「知道了知道了。」

「妳這孩子不會說聲謝謝嗎？」李玉珠叼著菸，頭髮像鳥巢，拿著不求人抓著背，模樣和李辛惠有幾分相似。

李辛惠瞄了她一眼，懶得理她，逕行出門，李玉珠見自己女兒如此無禮，咒罵一聲，繼續回去跟她的三姑六婆打麻將，洗牌的聲音相當大聲。

李辛惠離開家裡之後，才覺得耳根清淨許多。

「辛惠！」看到李辛惠後，黃允珍上前叫著她的名字，卻換來李辛惠的冷漠。

「妳來我家做什麼？」她不喜歡她這個爛家庭被看到。

「我……我有事要告訴妳。」黃允珍還是戴著口罩，可是她的眼神充滿恐懼。她的眼睛本來就大，此刻瞪得比銅鈴還大，看起來有幾分駭然。

「什麼事？」

「那個，葉芊芊她……」

聽到葉芊芊的名字，李辛惠身體一僵。「什麼？」

「葉芊芊她……她來找我了。」黃允珍戴著帽子，她緊緊抓著帽沿，恐懼的看著四周，已經傍晚了，天氣微涼。

「妳在胡說什麼？」李辛惠怒斥。

「是真的，你看！」黃允珍迫不及待掀起右腳褲管，李辛惠疑惑的看了下她的腳，那邊有一個巴掌似的黑痕，她也愣住了！

「這是怎麼回事？」

「昨天我在睡覺的時候，我……我看到她了。」

「什麼？」李辛惠嚇了一跳！

「葉芊芊，是葉芊芊，她來找我了。」黃允珍抓住李辛惠，哀求的道：「辛惠，怎麼辦？我該怎麼辦？」

李辛惠甩開她的手，嫌惡的說：「什麼怎麼辦？妳在做夢！」

「不！我沒有！」

「妳不是說妳在睡覺嗎？所以看到葉芊芊，就是妳在作夢。」李辛惠嗤之以鼻。

「不，我沒有在做夢，你看清楚，是葉芊芊的手。昨天我在睡覺的時候，她鑽進我的棉被，一直要我把指頭還她，她來找我了。」黃允珍再把右腳小腿肚露給她看，李辛惠蹲下來，仔細的看了下那瘀痕，如果說那個是人的手掌印的話，確確實實少了個小指頭。

李辛惠打了個冷顫，仍是嘴硬的說：「這是妳自己抓的吧？」

「我沒事自己抓自己的腳做什麼？」黃允珍也生氣了。

「不可能會有鬼的！」她站了起來。

「啊啊！」聽到那個字，黃允珍抱住了耳朵，驚恐的道：「不要說！妳不要說那個字！」沒想到看來粗獷的黃允珍，竟然這麼怕鬼？

「世界上沒有什麼鬼神的，如果有的話，早就有報應了。」李辛惠這麼說，彷彿這樣，就可以否認那些她們做過的事。

聽到李辛惠這麼說，黃允珍十分駭然。「難道妳不怕葉芊芊來找妳嗎？」

「找我做什麼？剪斷她手指的是妳又不是我。」李辛惠這麼一說，馬上激怒黃允珍！她叫了起來！

「妳這是什麼意思？」

「沒有啊！」發現自己似乎說得太過分了，卻又不肯認錯，李辛惠撇過頭去。

「當初的事妳也有一份，妳不要以為不關你的事。」黃允珍激動的叫了起來，李辛惠也惱了。

「說要去找她的是妳，我只是陪妳過去而已，是妳自己說要給她教訓的。」

黃允珍沒想到李辛惠這麼沒義氣，不但不安慰她，反而講這種話，她快氣死了！「妳的意思是，都是我的錯囉？」

「本來就是啊！」

「李辛惠！我是來找妳想辦法的，妳怎麼都賴到我身上？那時也是妳一直鼓吹，我才會過去的！」黃允珍氣極敗壞！

「喜歡赫磊的是妳，可不是我，也是妳自己要給她個下馬威的！」李辛惠推得一乾二淨。

「妳！」

本來以為是無話不談的好朋友，有困難時可以相挺，沒想到遇到事情時，就撇得一乾二淨，她們之間——只是虛偽的關係！

黃允珍一轉身，憤恨的說：「妳給我記住！」

看著她離去，李辛惠也沒有叫她停下來，她不知道要怎麼說。

承認了葉芊芊這回事，就表示她們所做的事情是錯誤的，所以葉芊芊才會過來報仇，但是她們只不過是給葉芊芊一個教訓，這並不算什麼呀！算葉芊芊不識趣，惹到她們而已。

她沒有錯，沒有錯！李辛惠拒絕面對這件事。

※　※　※

可惡！實在太可惡了！黃允珍抓著棉被，眼睛瞪得大大的，充滿恐懼。想到這份恐懼只有她承受著，她就對李辛惠感到憤怒！

什麼朋友，都是假的！

虧她們常一起蹺課，分享最新美容資訊，看到不爽的人就海扁一頓，不論男生還是女生，都逃不過她們的魔掌。那種結伴作威作福的滋味，真的很好，可是遇到危機時，她卻離她而去！

什麼朋友嘛！哼！

雖然心下抱怨，可是該怎麼辦呢？躺在床上的黃允珍靠近黃光明，黃光明叫了起來：

「姊，妳過去一點啦！」

「哎喲！借靠一下會怎麼樣？」

「妳都已經高中，幹嘛跑過來跟我睡？」黃光明氣得跳起來，他都已經國小五年級了，還跟姊姊睡的話，傳出去會被笑死的。

「借睡一下不行喔？你幹嘛那麼小氣？很晚了，你快點睡啦！」

「哼！」黃光明轉身過去。

為了怕葉芊芊會來找她，黃允珍乾脆跑到黃光明的房間睡，聽說鬼屬陰，而黃光明是男生，看他的樣子，陽氣應該很夠，所以她就跑來黃光明的房間，執意要跟他一起睡覺。

小男生本來尷尬，不想理會，但在黃允珍的堅持之下，還是屈服了。

黃光明沒有說話，很快睡著了。

真好，黃允珍聽到黃光明的酣聲，相當羨慕，本來她也挺好睡的，只要一躺到床上，不到十分鐘就馬上睡著，可是遇到那種事，她開始害怕起來，越害怕反而越不容易睡著。

葉芊芊還會過來嗎？她還會來找她嗎？想而這裡，黃允珍就全身打哆嗦。

事情是她們惹出來的，她根本不敢跟家裡人講，畢竟當初凌虐葉芊芊的是她們，只是沒想到葉芊芊竟然跳樓自殺？是不是因為如此，所以她才要來找她報仇？那為什麼只找她？不找李辛惠呢！黃允珍越想越不平。

李辛惠那個人既沒品，也不夠義氣，遇到事情就跑，虧她們還做朋友那麼久了！想到這裡，黃允珍還是氣呼呼的！

越想越惱怒，混雜著恐懼，黃允珍根本睡不著，而這時候，黃光明又一直用手指戳她。

「喂！不要戳了！」黃允珍抗議著。

黃光明沒有回答，還是一直在她的背部上下玩弄，摸來摸去的，黃允珍火了！這臭小子，竟敢吃她老姊的豆腐？真是不要命了！黃允珍轉過身，正想給他一個教訓，卻發現他正在瞪著她。

「看什麼看呀？想被扁嗎？」她脫口而出，而黃光明一反常態，並沒有回嘴，只是露出一股詭異的微笑，那個微笑，讓人猛打寒顫，寒意從腳冷到頭，再從頭冷到腳。

四　缺指的掌印

「我、我跟你說喔……」黃允珍嚥了口唾液：「你如果再這樣的話，我可饒不了你喔！」

黃光明望著黃允珍，他的眼睛開始上吊，露出眼白的部分，而他的嘴則傳出那個從黑暗中發出的熟悉笑聲。

嘻嘻嘻……

呵呵呵……

五　困惑的經歷

已經三天了，黃允珍都沒來學校，李辛惠不免感到疑惑。

雖然那天不歡而散，不過黃允珍向來是健康寶寶，突然沒來上課，跟那天吵架有關嗎？

她一點愧疚心也沒有，不該有的！葉芊芊的死亡，她不認為跟她們有關。是葉芊芊自己想不開的，不是嗎？她們充其量也不過是剪了她的手指頭而已。雖然知道很痛，但是並不是她們把她推下樓的。

但為什麼會這麼煩呢？討厭死了！她又不知道要怎麼去面對這件事，只要不去想就好了。對，不要管它，那就什麼都沒有了。

吐出一口菸，看著煙霧在空中飄散，她將菸蒂丟到地上捻熄，站了起來，從屋頂走了下來。

五　困惑的經歷

她從五樓走到四樓，就要走到三樓——

「學姊。」

聲音在後面，李辛惠一轉頭，現在是上課時間，只有她在走廊上遊蕩，那聲學姊在她耳邊呼喚，她直覺是在叫她。

「誰？」

除了她之外，走廊上並沒有其他人。

怪了，耳鳴嗎？李辛惠往樓下走，想要回到教室，沒有看到人。現在是在上課時間，她又從屋頂下來，後面應該沒人，那麼，那剛剛是誰在叫她？李辛惠相當狐疑，腳卻繼續往下走。卻發現，三樓呢？

學校的大樓，最高也不過五層樓，可是……她已經走了幾層了？怎麼還在四樓？

她疑惑的再往下走一樓，然後看旁邊走道的教室，是三年十六班，她是十五班的，是在三樓，她的樓層還在下面，但是她再往下走了一樓，還是三年十六班開始？

咦？發現到這個異象，李辛惠冷汗涔涔，這是怎麼回事？

她要下樓，她要回到三樓的教室，快一點的話，幾秒鐘就可以走到了，可是為什麼她走了七、八分鐘，還可以聽到樓下教室傳來的學生上課的聲音，偶爾夾雜老師的音量，而樓梯的轉角平臺，還停留在四樓？

這、到、底、是、怎、麼、回、事？

她開始跑起來，但無論她怎麼跑，都還是在四樓，她想起曾經在四樓這裡，惡意絆倒一名男學生，結果害他受傷住院……

怎麼會在這時候想起這個？李辛惠閉上眼睛，不斷的往下跑，照她這麼跑，都到一樓了，可是每每當她以為脫離四樓時，張開眼睛，她還在四樓。三樓明明很近，事實上卻很遠。

恐懼不斷襲來，李辛惠不服輸，一直往下跑，她不知道她在對抗什麼？她只想從這個惱人的狀況中解除。

五　困惑的經歷

跑！快跑！跑開這個四樓！

三年十六班，她還在三年十六班，她的十三班呢？她的三樓教室呢？李辛惠不斷往下跑，每個轉角都是四樓，每個班級都是三年十六班開始。

為什麼會這樣？為什麼？她恐懼起來，驚慌的想要大叫，有股莫名的力道壓在胸口，她喊不出來——

「李辛惠，妳在做什麼？」

「哇啊啊！」她叫了出來！等她叫出口後，李辛惠的胸口突然鬆了許多，便看到訓導主任正怒目看著她，同行的還有校長。

李辛惠看著他們，充滿驚懼，沒有說話。

看到旁邊的教室，三年十一班……三年十一班到十五班，都是在三樓，她回來了。

「跟我過來！」訓導主任大喝！雖然平常對這些師長總是抱著敵意，不過現在，已經顧不了這些了，李辛惠跟著他們，一起離開了令人費解的四樓。

「我知道我知道……讓你們傷腦筋了，真是不好意思。這個小孩令人頭痛，我都懷疑我是怎麼生出這樣的小孩……」李玉珠的音量從客廳傳了進來，李辛惠不想再聽更難聽的話，將房門關上。

既然不喜歡她的話，當初不要生不就好了？

李玉珠算是早婚，當初和男朋友愛得死去活來，發現懷孕之後，不惜和家人決裂，離家出走，沒想到男友卻不敢面對後果，逃之夭夭，李玉珠狼狽的回到家中，遭到家人無情的訕笑。

孩子是生下來了，不過母親心態不正常，照顧得也有一搭沒一搭，李辛惠在外婆、阿姨、舅舅中輪流撫養，也長大成人。

「李辛惠，妳給我出來！」李玉珠在房外高聲大叫，李辛惠訕訕的將門打開。

「幹嘛？」

※　　※　　※

啪！不由分說，李玉珠一個耳光賞了過去！

「你給我丟臉丟到校長那邊去？我花那麼多錢，讓妳進到那間學校，就是要個文憑，妳不但沒給我讀書，還惹事生非，妳到底想怎樣？把我氣死嗎？」李玉珠破口大罵。

剛開始只有麻，後來才開始感到痛，李辛惠捂住臉，疼痛還是蔓延開來。

「我又沒做什麼。」

「沒做什麼？上課時間不上課，還在外面鬼混！主任都打電話過來了，妳說呢？」

「只是沒有上課，又沒有什麼。」真不知道訓導主任打這通電話是做什麼的？

「妳是什麼意思？我花了那麼多錢，拜託多少關係，結果妳三天兩頭給我惹麻煩，妳說，妳到底想要做什麼？」

「我什麼都不想做！反正不要跟妳一樣就好了。」她也不服的喊了回去。

李玉珠臉色一白，大吼：「妳！看不起我是不是？妳就跟妳那個爸爸一樣，看不起我是不是？啊？妳這個賤胚！」

「說我賤？妳還不是賤胚的媽！」

「妳——」

「怎麼了？」李辛惠的外婆和阿姨走了過來，李辛惠趕緊將門關了起來，她知道等他們一大家子都聚在一起後，她更沒好過。

果然，隔著門板都可以聽到李玉珠在對眾人哭訴，說她怎麼生了個這麼不肖的女兒，她的命好苦。

這個女人，當初她也沒要求李玉珠生下她的，不是嗎？是那個女人自己在外面跟人家亂搞，跑回來生下了她，也沒好好養她，還敢這樣說她？哼！李辛惠打從心底看不起這個女人。

撫著發熱發疼的臉頰，她知道一定又腫了起來，李辛惠很有經驗的從抽屜裡拿出藥膏，貼了上去。

五　困惑的經歷

算了！今天就早點睡吧！

她關了燈，習慣將自己藏在黑暗裡，她雖然想睡，卻睡不著，大概是那巴掌的影響吧？然而也不想起來，只是靜靜躺在床上，等待時間的流逝。

就在她放空到準備進入另外一個境界時，突然覺得有什麼闖進她的房間！

有人嗎？

她疑惑起來，不過門並沒有打開，她也沒有聽到聲音，但是她知道有什麼人，或是什麼東西在她的房間裡。

由於在黑暗中待得夠久，她的瞳孔已經可以適應黑暗，那邊較深，那邊較淺的灰暗，都看的一清二楚，但是，房間是死寂的，黑暗也沒有生命，怎麼會有黑暗在流動呢？

她努力的想要搞清楚是怎麼回事，卻感到她的腳底一陣冰麻，她下意識縮回了腳，那種感覺又過來了。

什麼東西？她伸手去找床頭燈，打開燈之後，什麼也沒有。

是錯覺嗎?不過那種又冰又麻的感覺，令人很不舒服，李辛惠拿過棉被，將腳蓋了起來。今天不知道怎麼回事?明明是夏天，卻變得好冷，她將身體窩在棉被裡，一直等到睡著。

※　　※　　※

黃允珍來學校了，她來不來，對班上都沒什麼影響，對大多數人而言，總是與她保持距離，免得又惹是非。

她依舊是戴著口罩，還有帽子，不過臉上的發紅、潰爛，已經消腫許多。

「妳好多了啊!」李辛惠看著黃允珍，針對她臉上的狀況下了評論，傳來黃允珍的冷哼。

「不用妳管。」

李辛惠一愣，她還在生氣嗎?她又沒說錯，這個黃允珍也太小氣了。

她的態度讓李辛惠感到不舒服，忍不住刺激她道:「怎麼了?又遇到鬼了嗎?」

五　困惑的經歷

聽到那個字，黃允珍眼睛充滿恐懼。「妳閉嘴！」

「不能講鬼嗎？」

黃允珍差點跳了起來！「妳故意的是不是？」

她的反應實在很有趣，找點樂子成了她生活中唯一可以做的事，李辛惠的嘴角忍不住微揚了起來，她這態度惹怒了黃允珍，咬牙切齒：

「妳以為妳很厲害、很了不起是不是？」

「這又沒什麼，幹嘛那麼激動？」對李辛惠來說也許沒什麼，但對黃允珍來說，可踩到痛處了。

「妳明明知道……」黃允珍怎麼囂張，也不敢在這公開的場合，把那三個字講出來。「妳明明知道我最討厭那個字，你幹嘛一直提？」

「那個字？鬼嗎？」李辛惠偏要故意惹她。

沒關係，呼吸、吐氣、呼吸、吐氣……反正……囂張也不會太久了。她轉過臉去，擺明了就是不想再理李辛惠，李辛惠也不管她。就連下課的時候，黃允珍也不再搭理，李辛惠知道她還在生氣。

真是的，這麼小氣。

中午的時候，黃允珍早早就不見，李辛惠也沒去找她，這是她們兩個第一次這麼不合，李辛惠逕自到餐廳買了便當，準備回到班上時，卻不小心跟來人撞到，難得這次沒有嗆聲，直接走過去。

「等一下！」

李辛惠轉過身，是隔壁班的洪麗娟，身後還有兩、三個小跟班，正叉著腰瞪著她。

「幹嘛？」她淡淡的問。

「撞到人不會說聲對不起嗎？」

李辛惠白了她一眼，在這間學校，她還沒有跟誰說過對不起。見她這態度，洪麗娟更憤怒了。

「我在跟妳說話聽到了沒有？」洪麗娟叫了起來。

「聽到了。」李辛惠故意用小指挖了挖耳朵，輕蔑的態度讓洪麗娟更加憤怒。

「妳這是什麼意思？撞到人還不會說對不起？這樣就想走開？」

「是誰撞到誰還不知道，妳叫那麼大聲做什麼？」李辛惠也漸漸的被惹火，本來她是昨天被李玉珠打那一巴掌，心情不好，不想理她，沒想到這個洪麗娟太不識相，竟然一再挑釁！

「什麼？」洪麗娟叫了起來！而她旁邊的小跟班，趕緊上前拉住了她。

「麗娟，好了啦！」

「不要跟她講啦！她打人很痛的。」旁邊的女孩子大概吃過悶虧，上前勸阻。

洪麗娟也知道這事，可是李辛惠實在太過分，上次她的弟弟去班上找她，卻因為黃允珍和李辛惠兩人的關係，讓他從四樓滾到三樓，她眼睜睜看著自己的弟弟掉下去卻來不及搶救，而李辛惠和黃允珍兩人卻什麼也沒有說，反而哈哈大笑，揚長而去，造成弟弟骨折，一個多月後才好。

這口氣，她怎麼也嚥不下去，所以每次見到李辛惠和黃允珍，總是沒好氣。

「明明就是她的錯，還擺那種嘴臉！」

「要不然妳想怎麼樣？」

「妳——」洪麗娟發火了，她不由分說，上前就是一陣扭打，她的力氣又猛又急，旁邊的人根本拉不住，她把弟弟的帳，也一起算上去了！

一旁的學生尖叫了起來，紛紛退開，李辛惠也不是好惹的，她能夠在學校橫行這麼久，連男生都怕她，可是有兩把刷子的。

兩個女生扭打起來，根本顧不了許多，又拉頭髮，又用指甲抓人，兩人的身上都有不少傷，而這時李辛惠看到黃允珍站在人群後面！黃允珍並不難認，尤其她還戴著口罩和帽子，她並沒有看錯人，而李辛惠不解的是，她為什麼沒有上來幫她？為什麼放她一人？

她一失神，臉上立刻被抓了三道傷痕！

「啊！」

原本就被李玉珠打痛的左臉，這下又因為指甲的關係而劃破皮膚，她大叫一聲！怒火被挑起，她舉起拳頭，不顧對方是女生，就朝對方猛捶猛打，她的力氣比一般女孩子大，力道也重，洪麗娟眼睛很快就變成貓熊，身上有不少傷痕，她也不斷放聲尖叫！

「啊啊！」她摀著臉。

「敢打我？妳敢打姑奶奶我，也不想想我是誰？簡直是找死！」近日的悶氣有了地方發洩，李辛惠打紅了眼，拳頭像雨點般，直往洪麗娟的身上落。她常練拳頭，洪麗娟那抵得過她？一下子就被她壓在底下了。

「啊啊——」

「打人了！打人了！」旁邊有人大喊！

「小心！」

現場陷入一片混亂，接到消息的教官和主任很快就過來處理，將兩人拉開，並把肇事者帶到辦公室。

※　※　※

整個中午李辛惠就在訓導處聽師長的訓斥，這對她來說不是第一次，人倒是顯得泰然，而一旁的洪麗娟可就不服氣了，她一直瞪著李辛惠，中午的用餐時間，就這樣泡湯了。

由於洪麗娟沒有前科，所以斥責一番，記了一個小過之後，先行回教室，不過李辛惠可沒她那麼好運了，她一直待到李玉珠來到學校。

李玉珠來是來了，見到李辛惠，連教官師長都還沒打招呼，劈頭就是給李辛惠一陣痛罵：

「妳這孩子，存心要氣死我是不是？妳就不能一天不惹事是不是？啊？氣死我了，我打死妳！我打死妳！」除了動口之外，李玉珠還動手，反而要旁邊的人勸阻。

「李太太，妳鎮定一點。」

「李太太，妳別這樣。」

「哇！我命好苦啊！怎麼會有這種女兒？我上輩子到底造了什麼孽？怎麼會

生下這種女兒？嗚嗚嗚！」李玉珠邊說邊灑淚，李辛惠感到臉皮掛不住。

「李太太，妳別這樣，有什麼話，我們好好講。」教官說話了。

「有什麼話好講？教官，我這個女兒簡直是惡魔轉世，投胎來給我添麻煩的，你又不是不知道她給我惹了多少事？我也不知道該怎麼辦？教官，你得教教我啊！」李玉珠抓住教官，教官也為難了，他大概知道，為什麼會有李辛惠這樣個性的孩子了。

「好了啦！哭什麼哭？」李辛惠看不下去，斥喝起來！李玉珠在學校痛哭，丟臉死了！

「妳這個孩子，怎麼這樣跟我說話？」李玉珠不滿。

「要不然要怎麼說？」

「妳——」

「要打要罵，回家再說。」李辛惠說著，掉頭就走，再繼續待下去簡直丟臉死了！

她的率性令所有人都傻眼，李玉珠看著她離開之後，半晌才回過神來。

「教官對不起，我們先走了。」她對著辦公室裡的人道歉，然後離去。

教官和訓導主任彼此面面相覷，嘆了口氣，令人頭痛的孩子，背後也有頭痛的家長。

※　※　※

「妳這孩子怎麼這樣？三天兩頭就給我惹麻煩，妳是要我死是不是？我去死一死比較快！省得活活給妳氣死！」

「那就去啊！」

「什麼？妳說什麼？妳再說一次？」李玉珠杏眼圓瞪。

「是妳自己要死的，我只是附和妳而已。」李辛惠冷漠的說，看李玉珠的手掌就要揮了下來，她趕緊逃到房間，將門關了起來！

「李辛惠，妳給我出來！」李玉珠在外面咆哮，李辛惠卻懶得去搭理，她心底明白，成天嚷著要去死的，不會死那麼快。

她知道李玉珠為什麼那麼討厭她，因為她根本是多餘的。她在心底咒罵了一聲！反正打架這種事，也不是頭一遭了，她也不在乎被記過還是被處罰，不過令她介意的是，為什麼黃允珍明明也在餐廳，卻不過來幫她？

很奇怪的，她一直以為自己對什麼都不在乎，母親、家庭、學校……沒想到卻對黃允珍沒有伸出援手感到不悅，難道她們之間真的存在友誼？人真是奇怪的生物，她心想著。

「我的面子都給妳丟光了，真是氣死我了！妳今天沒有飯吃！」李玉珠不知道在外面吼了多久，最後丟下這句話，揚長而去。

沒飯吃就沒飯吃，動不動就威脅她，要不然她這副身材怎麼來的？

心情不好，她沒有再跟母親頂嘴，只是從書包拿出了菸，坐在書桌上對著窗戶吞雲吐霧，一直到了晚上，也沒人來理她，她就這麼自己一個人關在這不到三坪的狹小空間。

看著書包裡的兩包菸，都抽完了，李辛惠試圖從菸盒裡再挖出一、兩根菸出來，卻什麼也沒有。算了！反正天色也晚了，她還是去睡大頭覺，還可以忘記飢餓。

「辛惠，出來吃飯。」李玉珠的聲音在外面響起。

啊？這麼好心？李辛惠眼睛瞇了起來，李玉珠的氣很少這麼快消的，有時候餓她個一餐也不理會，反而是外婆看不過去，會偷偷塞點錢讓她在外面買東西吃。

既然李玉珠都叫她出去吃飯了，她如果再不出去的話，只是虐待自己，搞不好李玉珠又罵她不識好歹。

她打開門，慢吞吞的走了出去。

李家不大，飯廳就在廚房裡，緊臨著客廳，通常餐桌一收，就是麻將上場，不過今兒個家裡卻顯得冷清，李辛惠不禁奇怪起來。

「外婆呢？」

「去隔壁串門子了。」李玉珠背對著她，站在瓦斯爐邊煮東西。

「阿姨跟舅舅呢？」最小的阿姨還沒出嫁，而比她小三歲的國中男孩子，她還是得叫他舅舅。

「還沒回來。」

這倒是很難得，平常不是出嫁的大阿姨帶著一家子回來吃飯，就是二舅跟三舅回來打麻將，在她的記憶中，很少有這麼清靜的時候。

桌上擺了盤炒麵，應該就是她的了。

李辛惠拿起筷子，吃了起來，喀滋——

什麼東西脆脆的？她吐了出來，發現一團黑黑的東西，因為剛剛沒注意，已經被她咬不成形。她疑惑的將整盤炒麵翻了翻，赫然見到裡頭大小不一樣的蟑螂！有的橫躺，有的在麵裡竄進竄出，一股噁心的味道在口中蔓延，她不禁大嘔起來！

「媽，這是什麼？」她知道她不喜歡她，但是也沒必要這麼做吧？

李玉珠轉過身來，手裡拿著一鍋湯，裡頭是剛煮好的老鼠，她還看到老鼠的尾巴在動！

「肚子還餓不餓？要不要喝個湯呀？」李玉珠笑咪咪的朝她走過來。

「不、不！」李辛惠駭然的往後退。

「沒關係，這是為妳煮的，來喝一口，欸，妳怎麼一直往後退，別走呀！來，吃個麵，喝個湯嘛！」李玉珠笑容詭異，手裡的湯還在沸騰，鋼鍋裡的老鼠還在滋滋作響！

「不！不要！」她驚恐的拒絕。

「別客氣嘛！來，喝呀！」李玉珠的手變得好長，一下子就抓住她的下巴，逼得她不得不張開嘴巴，另外一隻手則有力的拿著鍋子，將裡頭的湯全部倒進她的嘴裡——

六　謎樣的少女

啊啊啊——

李辛惠醒了過來！她一看鬧鐘，不過才三點，她躺在床上直冒汗，夢中那股噁心的味道仍未散去。

奇怪，怎麼會做這種夢？

她突然想起，她和黃允珍曾經在班長的便當裡放了蟑螂，讓她當場花容失色，嘔吐連連，她們則在一旁哈哈大笑，那是很久以前的事了，而且早就忘得差不多了，怎麼會做這種嘔心的夢呢?而且這夢也未免太逼真了，她的嘴巴還有那種味道。

呸呸呸！都是李玉珠的關係，害她心情不好，才會做這種奇怪的夢。

既然已經醒來了，她也睡不著，索性起來整理書包，等到五點多的時候，她打開房門，大伙都還在睡夢中，她到神壇底下翻找，找到李玉珠的錢包，她以為把錢藏在神像底下，就沒事了嗎？

李辛惠心頭冷笑，從裡頭摸出兩張大鈔，從這皮包的厚度來看，她最近肯定在牌桌上贏了不少。就算她拿個幾張，李玉珠也是不會注意的。

拿過錢之後，李辛惠朝學校走去，到達學校的時候，已經六點了。

清晨的涼意被走動而冒出的熱汗逼走了，李辛惠咬著剛在路上買的早餐，在校園裡閒晃，平常她是不會這麼早到校的，今天是特殊狀況，那個夢讓她無法再睡。

隱隱約約，她聽到有音樂聲，像是鋼琴聲……從音樂廳傳來的。不過這麼早，會有誰來練琴？

即使在犯過案後，不應該回到犯罪現場，免得啟人疑竇，不過時間已經過了那麼久了，應該不會有人注意吧？李辛惠還是不由自主的，朝音樂廳走了過去。

六　謎樣的少女

那是熟悉的少女的祈禱，一大早就有人要來收垃圾嗎？李辛惠暗自嘲諷，她走到音樂廳前面，大門沒關，音樂從裡頭傳了出來。她走了進去，看到裡頭有一名長髮少女坐在鋼琴前面，練著樂曲。

「又彈錯了。」少女哎哎叫了起來！「算了，不彈了。」她站了起來，一轉過頭，發現李辛惠站在她身後，嚇了一跳！「妳、妳是誰？」

在學校還有不認識她的人嗎？李辛惠咬著鋁箔包飲料的吸管，嘴角微揚。「我是妳的學姊。」從少女的制服上，她看得出她是一年級的新生，名字因為側身的關係看不到。

「學姊好。」少女向大門走去。「我先離開了。」

李辛惠在她經過大門時，視線瞄到鋼琴上的琴譜，難得好意提醒她道：「妳的琴譜。」

「啊呀！對吼，我怎麼忘了帶琴譜？」少女趕緊回去拿，李辛惠這時也把飲料喝完，走到她的旁邊。

「這種鋼琴要多少錢啊？」李辛惠突然問道。

「啊？這種貝森朵夫鋼琴，大概要三百多萬吧？」

「這麼貴？」李辛惠咋舌起來，她以為一臺鋼琴二、三十萬就了不起了，沒想到還這麼高級。嘖嘖！看來音樂果然不是普通人家能學的呢！那麼，能碰這臺鋼琴的人，也不是普通人家了。

起碼她知道，能進到音樂廳，碰這臺鋼琴的，音樂班也不過幾個人，平常學生碰觸是會被訓斥的。

「是啊！學姊要不要試試看？」少女笑靨如花，提出建議。

「啊？」這下可換李辛惠驚訝了。

「每個女孩子都希望能彈鋼琴，學姊也是吧？這種貝森朵夫鋼琴在外面不一定看得到，難得學校買了一臺，妳就試試看吧！」少女呢喃軟語，聲音煞是好聽，也勾起了李辛惠的興趣。

對啊！大部分的女孩子，對於鋼琴，都有個夢想吧！穿著白紗洋裝，綁個辮子，坐在鋼琴前面彈奏，滿足公主的幻想，尤其對她來說，更是遙不可及的夢想。

所以對那麼家境優渥，有良好的物質環境的人，李辛惠向來看不順眼，甚至是妒忌的，所以專愛找那些過的比她好的人的碴。而現在少女竟然邀請她彈琴，讓她受寵若驚！她反而緊張起來。

「我、我可以嗎？」

「可以啊！」

既然少女都這麼說了，李辛惠也不客氣的坐了下來。反正這麼早，也沒其他人看到，她就放心彈奏吧！

說到彈奏，她連基本音階在哪都不清楚，李辛惠看著有如牙齒般排列整齊的黑白琴鍵，不禁愕然了。

像是看穿她的尷尬，少女開口了：

「這裡是DO，這裡是RE。」她伸出右手，告訴李辛惠位置，李辛惠則像個小孩子般，跟著她一起學鋼琴。

「那這個黑色鍵是做什麼的？」

「那是全音和半音，也就是自然音階。如果學姊妳以前都沒學過的話，我們先從基本音階開始就好了。學姊知道最簡單的DO、RE、MI、FA、SO、LA、SI嗎？」

「知道。」

「那妳知道小蜜蜂吧？它是最好彈的歌曲了，你試試看。」

長這麼大，竟然對著鋼琴彈小蜜蜂，很丟臉耶！可是她又沒學過音樂，會彈基本音階已經很了不起了，再說這臺鋼琴這麼貴，能摸摸它也不錯，李辛惠伸出手去按了一下。

嗯，音色果然不錯，她輕巧的彈了幾個音，清脆悅耳，感覺相當舒服。她手上擁有如此高貴的鋼琴，卻在彈著童謠小蜜蜂，李辛惠覺得好笑，卻也給它彈下去。

六　謎樣的少女

「嗡嗡嗡、嗡嗡嗡，大家一齊勤做工，嗡嗡嗡、嗡嗡嗡，做工興趣濃。」她哼了起來，連旁邊的少女也笑了起來。「天暖花開勤做工，冬天不怕飢和凍，嗡嗡嗡，嗡嗡嗡，不做懶惰蟲……啊！」

正當她唱到最後一個音的時候，鋼琴的蓋子突然蓋了起來！不，不是突然蓋的，是那個少女，那名少女把蓋子蓋了下來，她的十隻手指就這樣被壓住了！痛楚從神經末稍突然傳到心頭，彷彿瀕臨死亡。

「妳在幹什麼？」她痛苦的大叫！想要抽出來，卻怎麼動也動不了。

「嗡嗡嗡、嗡嗡嗡，大家一齊勤做工，嗡嗡嗡、嗡嗡嗡，做工興趣濃。」少女唱了起來，不過她的聲音是低沉的，和剛才的開朗有明顯的不同。李辛惠覺得指頭快要斷了，卻抽不起來，她疼得淚水猛飆，甚至大罵髒話。

「XXX，妳到底在幹什麼？快點把蓋子打開。」

「天暖花開勤做工，冬天不怕飢和凍，嗡嗡嗡，嗡嗡嗡，不做懶惰蟲，不做懶惰蟲，嘻嘻嘻……」少女重覆了最後兩句，然後笑了起來，不過李辛惠可笑不起來。

「快點！我叫妳放開我，聽到了沒有！」李辛惠站了起來！她的腳猛踢猛踹，少女卻無動於衷，緩緩的開口了：

「音樂好聽嗎？」

「我管音樂好不好聽！XXX，妳到底想做什麼？快點把蓋子打開！動作快點！」她可以感到肌肉被壓平，骨頭也像要斷了，但是少女將身體的重量壓在蓋子上面，蓋子不打開，她沒有辦法動。

「快點彈音樂，小蜜蜂，小星星，都可以，快彈呀！」少女還是笑靨如花，完全不受影響。

「啊啊啊！快放開我，啊啊啊——」

「一閃一閃亮晶晶，滿天都是小星星……」少女完全不理她，甚至將身體坐在鋼琴上，李辛惠想要推她、打她，卻沒有辦法，她的十指完全被壓住了，她只能痛到跳腳，耳邊傳來少女的歌聲，什麼也沒辦法做！

「啊啊啊——」

兒歌也不知道什麼時候結束的？她的手不知道什麼時候抽出來的？少女跑到哪裡去了？李辛惠完全不知道，等她再度恢復意識時，她坐在地上，看著自己幾乎斷裂的手指痛哭。

「啊啊……我的手……啊啊——」

※　※　※

「鋼琴蓋子掉下來？下次要小心，看情況是沒有骨折，不過為了預防萬一，妳可以再去大醫院做檢查，這兩天可能還會痛，痛到受不了的話，可以吃點止痛藥。」醫務中心的護士將她的手包好之後，告知了她一些注意事項，李辛惠手上纏著厚厚的繃帶，回到了教室。

大多數的人都已經來了，有不少人看到她手指上的傷，充滿訝異，不過沒有人過來詢問，她得以清靜。

等到黃允珍來的時候，她還戴著口罩，不過帽子已經拿了下來，已經看不到頭皮了。看到李辛惠這個樣子，她充滿訝異。

「妳的手怎麼了？」

「鋼琴蓋掉了下來。」

「鋼琴？妳家哪有鋼琴？」黃允珍知道她家的經濟狀況，見李辛惠沒有說話，她心頭一亮。「妳去碰學校的鋼琴？」

「對啦！」

「那個不是申請才能去碰？」雖然說她們是不管規矩的，不過倒是很少去碰這種高級樂器。

「我早上比較早到學校，聽到有人在彈琴，就走過去看一下，結果那個女的故意叫我去彈琴，就是想要弄斷我的手，氣死我了！」看著傷痕累累的雙手，李辛惠憤慨起來。

「誰這麼做？」黃允珍也驚訝起來！

「我不知道她是誰，不過我總覺得有看過她，她一定是我們學校的，能夠申

六　謎樣的少女

請去彈那臺鋼琴的沒幾個，應該很好查。允珍，妳跟我去查一下。」

「我為什麼要幫妳查？」黃允珍冷漠的說道，她的拒絕讓李辛惠一愣。

「叫妳一起查就是了！」李辛惠生起氣來。

黃允珍的口罩動了動，似乎想要說什麼，她的眼神詭異，話鋒一轉：「好，我跟你去查一下。妳要怎麼查？」

「去音樂班一趟。」

由於學校音樂風氣很盛，所以將學音樂的學生和普通班級稍作區別，加強樂理學習，所以音樂班都集中管理。

當黃允珍跟李辛惠來到了音樂班，眾人皆驚愕的望著她們，不知道她們這一對流氓來做什麼？

「妳要找誰？」黃允珍跟在李辛惠的身後。

「不知道。」

「不知道妳要怎麼找？」

「就是不知道才要找。」

黃允珍很想罵人，李辛惠有時候也很討厭，連她都受不了，要不是為了查清楚是誰敢戲弄她？黃允珍根本不想理她。整個音樂班都走了一圈，還是沒有找到人。

「妳到底要找誰？她是幾年級的？長什麼樣子？妳也說清楚一點。」黃允珍忍不住開口。

「我只知道她是一年級的，臉圓圓的，長得還算漂亮，頭髮大概到這裡。」李辛惠用手比了肩膀的位置。「她的右眼眼角有個紅色的痣。」

「紅色的痣？」黃允珍一愣。

「對啊！妳知道她是誰嗎？」

「我不知道妳在說誰，不過以前我們一年級的時候，班上有個潘茜雯，她的右眼眼角就有顆痣。」

「潘茜雯？」她的印象不深。

「是啊！那時候我們都是一年級的，她的音樂很好，大家都說她二年級的時候，就會被編入音樂班了。」大抵上來說，剛進校校時，大家都還是高一新生，等過了一年之後，音樂才華展露出來，到二年級便會開始分班了。

如果是這樣子的話，學校怎麼會讓一個新生彈貝森朵夫鋼琴？

而且她碰到的那個人，如果是潘茜雯的話，現在也應該三年級了，怎麼還會穿著一年級的學校制服？

李辛惠越想越奇怪，她問道：「那潘茜雯呢？」

「因為潘茜雯的鋼琴很好，所以學校特別通融她可以跟學長姊一樣，申請進入音樂廳練琴。那次潘茜雯在練琴的時候，我們偷偷進去音樂廳，趁她不注意的時候，故意把鋼琴的蓋子用力的蓋下來，讓她痛得哀哀叫，那次事件之後沒多久，她就轉學了。」

經黃允珍這麼一提醒，似乎有這回事，那次的事件就跟她早上遇到的一樣，彈鋼琴的少女十指被夾住，痛得哀哀叫。那種痛楚，她現在可以感受的到了。

可是……那她早上碰到的又是誰？

李辛惠想要努力憶起她的樣貌，卻是模模糊糊，畢竟事情太久遠，那又是兩年前的事，她不可能記得每個人。

「扯太遠了，雖然說兩個人眼角都有紅痣，不過潘茜雯都轉學了，怎麼可能遇到她？」

「就是兩個人的特徵都像，才覺得奇怪啊！」

「我都忘了潘茜雯長怎麼樣，妳倒是記得很清楚。」

「這個……嘿嘿！」黃允珍沒有回答。

「妳有她的照片嗎？」

「學務處那邊應該有。」

※　　※　　※

趁著學務處沒人的時候，兩人偷偷爬進了學務處的辦公室，學校中所有的

六　謎樣的少女

資料都置於左邊牆面的櫃子。

李辛惠並不是來查潘茜雯的資料，既然潘茜雯早就轉學，那應該不關潘茜雯的事，她來學務處的另一個目的，就是查出早上的那名少女到底是誰？所以李辛惠把重點放在在校生上，開始查一年級的資料。

從一年一班查到二十班，都沒有少女的資料，難道她是別的年級的？三年級的她熟，她肯定沒有看過那名少女，於是她開始找二年級的。

「不是這一屆，應該再過來一點……啊！找到了！」黃允珍叫了起來！

「妳小聲一點啦！」李辛惠瞪著她，她可不想又被抓包，最近發生的事已經夠倒楣了。

「妳看，這是我們進來的那一屆的資料。」黃允珍將一疊照片遞給她。

「我不是說要找那個女的嗎？」找到那個害她手受傷的那個女的後，她要給她好看！

「我知道，妳先看一下潘茜雯嘛！」黃允珍硬將照片塞給她，李辛惠不得不接過來。等她看到照片時，她不禁呆住了！

是她！是早上那個少女！

同樣的髮型，同樣的紅痣，連微笑都一模一樣，李辛惠拿著照片，受傷的手指不由自主抖了起來！

「她現在在哪裡？」

「誰？」

「潘茜雯啊！」她大吼起來！黃允珍趕緊捂住她的嘴，好像有人走過來了，她們趕緊將照片一丟，從原來的窗戶爬出去！

「站住！給我回來！」

雖然手受傷了，腳可沒受傷，李辛惠拔腿狂奔，她知道不能再被抓到，如果再被抓到的話，那她在家裡跟學校都不用混了，所以她跑得老遠，把黃允珍丟在後面。

「喂！等我一下！死辛惠！給我站住！」

好不容易跑到垃圾場，沒有人追趕上來，李辛惠才有時間大口喘息，而黃允珍一衝上來，就揍了她一拳！

「妳幹嘛跑那麼快？」

「難道要留在那邊嗎？」李辛惠給了她一個白痴的眼神。

「誰叫妳叫那麼大聲？當然會引來其他人注意啊！妳剛幹嘛突然叫那麼大聲啊？」黃允珍埋怨著。

「對了，潘茜雯現在在哪裡？」果然是她砸傷她的手的！

「我哪知道，聽說她轉學後就出國去了，誰知道她現在在哪裡？」

李辛惠相當錯愕，如果潘茜雯在國外的話，那少女是誰？為什麼會出現在學校？如果是潘茜雯的話，她跑到哪裡去了？種種疑問在心頭冒起，卻得不到答案。

※　　※　　※

「看什麼看？再看？」不由分說的，李辛惠朝倒在地上的一年級女生踹了過去。

「啊！」背部再度遭到重擊的女孩子大叫了起來！

李辛惠抓起她的麻花辮，硬把她拖了起來。「看什麼看？很了不起是不是？長那什麼樣子，以為自己很可憐是不是？」越看那張純真的臉，想必沒受過多少苦，李辛惠越想越氣，拉頭髮的力道又加重了好幾倍！

「啊！不要這樣，學姊，不要——」

「哼！」

雖然打人手還是會痛，可是想起最近的遭遇，李辛惠滿腹怒氣，將所有的怨氣都往其他人的身上發洩！她手握拳頭，朝女孩的肚子猛擊！麻花辮的女孩子臉色發白，直冒冷汗，扶著牆角，站不直身體。

朝著麻花辮女生又踢又踹，看著她痛苦的表情，李辛惠稍微舒緩了情緒，她站直身體，朝始終站在一旁的黃允珍問道：

「妳不要嗎？」她的意思是黃允珍怎麼都不動手？

六　謎樣的少女

黃允珍搖搖頭，這兩天她已經取下口罩，臉上的紅腫已經好很多了。

「妳最近怪怪的，什麼時候金盆洗手了？」最近黃允珍收斂許多，李辛惠在揍人時，她都在一旁納涼，沒有加入，也沒有阻止。

「沒有啊！」

「可別跟我講，妳已經改邪歸正，準備做個好寶寶了。」李辛惠不屑的說，她最討厭那些模範生了。

「誰要做什麼好寶寶呀？我只是不想動手，太累了。」

「太累？」

「對啊！」

「妳最近真的很奇怪，跟以前都不一樣了。」以前只要她使個眼色，黃允珍就知道下一步要幹嘛，不過現在都沒什麼動靜。

「人總會長大嘛！」

「長大？」這是什麼爛理由？

「我想回教室了，要不要走啊？」黃允珍不想再待在原地。

「妳如果不要的話，我們就走吧。」李辛惠的手確實因為揍人而感到些許疼痛，都是那天在音樂教室的女孩子害的！不管她是不是潘茜雯，李辛惠發誓要把她找出來，好出一口冤氣！

臨走之前，李辛惠還用鞋尖踢了一下麻花辮女孩的頭，把她踢得眼冒金星，直到李辛惠走遠，她才清醒過來。

為什麼？為什麼她會遇到這種事？為什麼？為什麼她們老是要欺負她？她又沒有做什麼。

麻花辮女孩滿臉淚水，眼淚不斷淌下來，遇到這種事情，她又氣又惱又恨，更厭惡自己為什麼不反抗？雖然她也明白她反抗的話，會遭到更殘酷的對待，她們還是會揍她的，可是、可是……

悲愴、委屈、不平，化為淚水溢滿了女孩的臉蛋，看著漸行漸遠的李辛惠，憤恨讓她整個人籠罩在一片陰鬱之中，那片陰鬱不斷擴大，和她身後的黑

六　謎樣的少女

影融為一體……

七　下一個目標

揍過人之後，總算舒坦一點了！李辛惠回到家裡，將書包丟到角落，到廚房找東西吃。

桌上有鍋雞湯和麵線，她拿了碗筷，正準備去掐肉塊，夢中的記憶再度浮起，她仔細撈了撈，確定沒有死老鼠，麵線裡也沒有蟑螂，才盛了一大碗麵線和雞湯，準備大快朵頤。

「妳在做什麼？」李玉珍從門口進來，見到她就是一陣怒斥！

「吃肉呀！」

「那個雞湯是要給妳舅舅的，他前兩天從工地上摔下來，要拿去給他補補身體的，妳快給我放回去！」

李辛惠夾起一塊雞腿，用力大口咬下，得意的道：「我已經咬過了。」

七　下一個目標

「妳……妳這個死孩子！」趁李玉珠發飆之前，李辛惠趕緊拿著碗進到房間，她可以聽到李玉珠正在跟外婆數落她的不是，整天念啊念的，到底煩不煩啊？

「好了、好了。小力來家裡，妳就不要再念了。」她可以聽到八十多歲的李碧娥，正在跟李玉珠講話。

小力來了？李辛惠端著麵線和雞肉打開門，李玉珠還在跟李寶珠的房裡抱怨，念她的不是，不過音量少了許多。

「阿惠姊姊。」一聲稚嫩的聲音在外頭響起。

「小力，你怎麼在這裡？」李辛惠蹲了下來，逗弄著二舅的小孩，五歲的小力是家中她唯一覺得順眼的人，圓滾滾的眼睛跟粉嫩嫩的臉蛋可愛極了！有時候會跟他玩一下。

「阿嬷說爸爸在醫院，我今天要在這裡住，阿惠姊姊，我跟妳一起睡好不好？」家裡最年輕的女生，最得小力的喜愛。

「你要問阿嬤才行喔！」如果是這小傢伙的話，她倒是不反對。

「阿嬤，我可以跟阿惠姊姊一起睡覺嗎？」小力轉過頭去，

「可以啊！」李碧娥笑瞇瞇的，孫子的要求，她什麼都好。小力得到允許，歡呼一聲！

「耶！那阿惠姊姊，我可以去妳房間玩嗎？」

「可以呀！那你在裡面乖乖玩，姊姊先去洗澡，等一下再陪你玩喔！」李辛惠已經吃完雞肉麵線。

「好。」

小力蹦蹦跳跳跑到李辛惠的房間，李辛惠拿著換洗衣物，先去洗澡。前兩天因為手痛，所以她只簡單沖澡，現在手指好一點了，雖然還包紮著 OK 繃，不過已經可以活動了，該把頭髮洗洗了。

她的頭髮很長，整理起來也不好整理，雖然李玉珠常常抗議，但是管她的呢！她嫌李玉珠該管的不管，不該管的又管太多。

七　下一個目標

為了她的頭髮，李辛惠在浴室待了很久，等到吹乾之後才出來，聽到小力在房間裡傳來笑聲。一個人也可以玩得這麼愉快？真是不簡單。她走到廚房，打開冰箱，準備找東西喝，李玉珠走了過來。

「小力呢？」

「在我房間玩。」她找到一罐可樂，打開來喝。

「沒有啊！」

「怎麼沒有？我剛剛還聽到他的聲音。」李辛惠走到她的房間前，不到三坪的小房間裡，哪裡有小力的蹤影？她疑惑起來。「他出去了嗎？」

「沒聽到大門打開的聲音，他應該沒有出去，妳去把他找出來。」李玉珠的聲音裡有著驚慌，李辛惠怕小力真的出事，也沒再跟她頂嘴，在屋子裡開始找起人來。

只是小力也不小，一個五歲的小孩又不是螞蟻，能躲到哪裡去？她們將每個房間都打開來，櫃子都找遍了，李玉珠甚至打開洗衣機、垃圾筒，李辛惠趴了下來找床下、桌子底下，都沒有見到人，越來越著急了。

人就在屋子裡，怎麼會不見？

小力不見了！李玉珠相當焦急，她急得大喊：「小力跑到哪裡去了？辛惠，妳把他帶到哪裡去了？」

「我剛在洗澡，怎麼知道他在哪裡？」

「在找小力呀？他不是在妳的房間玩嗎？」李碧娥柱著拐杖，從房間走了出來。

「對啊！可是現在人不見了！」李辛惠也感到焦急。

「他不是在跟妳同學玩嗎？會不會是妳同學把他帶走了。」

「我哪有同學！」李辛惠喊了起來。

「有啊！你今天有個同學跟妳一起回來，高高瘦瘦的，長得很漂亮、很乖的樣子，不過就是頭髮亂七八糟，好像被人剪壞的樣子，你們年輕人怎麼都這個樣子，不是染頭髮，就是把頭髮亂剪一通。」

「好了！阿嬤，你在胡說什麼？」李辛惠高聲喊了起來。

「有啊！我還聽到小力跟她講話，他還叫她什麼芊芊姊姊，兩個人好像玩得很不錯……」

芊芊姊姊？李辛惠全身血液倒流，她的全身發寒，手腳冰冷，聲音也抖了起來：「阿、阿嬤，妳說什麼？」

「會不會被那個芊芊姊姊帶走了？」李碧娥不了解狀況，還在推測著。

「不可能！不可能！」她抖著身體。

「死辛惠，妳去找妳那個同學，叫她把小力還給我們。」李玉珠推著她，將她往門外推。

「我……我沒辦法，不行，我……」李辛惠不知道要怎麼說。

「什麼沒有辦法？人是妳帶回來的，她把小力帶走，妳就要去找小力找回來！要不然我怎麼跟人家交代？」李玉珠罵道。

「我沒有帶同學回來啊！」她幾乎快哭了！

「不要再講了，去找妳同學，把小力帶回來！」

「就說我沒有帶同學回來！」李辛惠幾乎是用吼的！但李玉珠向來不信她的話，眼神充滿著懷疑。

「那小力呢？」

「我怎麼知道？」

「去給我找回來！」

「姑姑，阿惠姊姊！你們好吵喔！」一記慵懶的聲音響起，稚嫩的幼童聲讓她們把注意力都拉到站在李辛惠房間門口的小力身上，他正揉著眼睛，軟軟的抗議。

「小力！」李辛惠第一個衝了過去！「你剛剛去哪裡了？」

「我……」

「他在睡覺啦！」李碧娥說道。

「什麼？」

「他在你的床上睡覺，用棉被蓋起來，所以我們看不到他，結果什麼地方都找過了，就是忘了找床，你看我們很糟糕吧！」想到只是虛驚一場！李碧娥就忍不住笑了起來。

「他在睡覺？」不！不是這樣！她全部的地方都找過了，她的床就那麼一丁點大，怎麼可能沒看到人？

「對啊！」李玉珠訕訕的道。「好啦！沒事了！」

李辛惠沒心情跟李玉珠吵架，她望著小力，看他活潑有朝氣，還蹦蹦跳跳的，完全不知道發生了什麼事。

※　※　※

當天晚上，小力跟李辛惠一起睡，由於能跟小惠姊姊一起睡，小力顯得相當興奮，不停的在棉被裡鑽進鑽出，在一旁發出笑聲。

「小力，好了，要睡了！」李辛惠小聲斥責。

「好啦！」小力吐吐舌頭，將身體挪到李辛惠身邊，與她緊緊挨著。

「小力，姊姊問你喔！你傍晚的時候，到底跑哪去了？」她明明找過每個地方，怎麼可能找不到人，而且小力就算是個小孩子，他躺在床上，也還會看到，怎麼會勞師動眾，都沒人找到他呢？

「我在妳房間呀！」小力笑瞇瞇的說。

「可是我來找你的時候，怎麼沒有看到你？」

「我躲起來了呀！」

「你躲在那裡？」

「芊芊姊姊叫我閉上眼睛，就把我藏起來了，我不知道我躲在那裡，我有聽到你們聲音，可是你們都找不到我。」想到這裡，小力又忍不住咯咯笑了起來！

「對了，芊芊姊姊說，她要妳把她的東西還給她。」

芊芊姊姊？

李辛惠駭然的差點跳了起來！臉上血色盡失，相當蒼白，她顫抖著嘴唇說道：「你、你說什麼？」

七　下一個目標

「芊芊姊姊說，她要妳把她的東西還給她。」小力以為她聽不清楚，再說一次。

「什麼……東西？」

「她說妳知道，她說她會再來跟妳要。」

「她會再來跟我要東西？」李辛惠充滿恐懼，她思索著要怎麼講才不會引人注目。「她有說什麼時候要來嗎？」

「沒有。」

「你怎麼認識芊芊姊姊的？」

「她就在妳房間呀！她還跟我一起玩，玩得好高興，可是她的手指斷掉了，好可憐喔！」

轟！李辛惠的腦袋一瞬間炸開，她提高音量道：「芊芊姊姊是不是這個手指斷掉了？」她抬起自己的左手小指。

「對。」

※　　※　　※

怎麼會這樣？怎麼會有這種事？李辛惠相當不安。葉芊芊早就死了，怎麼可能會出現在家裡？小力會不會是故意嚇她？可是，他們根本不認識葉芊芊啊！要怎麼捏造？恐懼如煙霧般竄起，籠罩她的全身，她一個人好無助。

「允珍！」看到黃允珍來了，李辛惠如獲大赦，趕緊衝了上去，黃允珍一愣，她什麼時候這麼熱情了？

「怎麼了？」

「跟我來一下。」李辛惠將她拖到一旁，看四下無人，才吞吞吐吐的道：「我……我不知道該怎麼辦？」頭一次她感到害怕。

「發生什麼事了？」

「昨天我二舅的小孩，小力來我們家，發生了一些事情……他不見了，然後又出現了。」

「妳在說什麼呀？」黃允珍皺著眉頭。

「哎呀！那個我也不會說，反正昨天晚上，他跟我睡覺的時候，跟我說了一些話。他說……葉芊芊要來找我。」

「啊？」黃允珍眼睛瞪得大大。

「允珍，怎麼辦？他說葉芊芊要來找我，該怎麼辦？」李辛惠抓住了她，神情充滿恐懼。

「妳不是不信這個嗎？」

「我本來是不信的，可是妳想想看，小力根本不認識葉芊芊，怎麼可能會說出她的名字來？而且他還跟我說，葉芊芊會來跟我要東西，他甚至還知道，葉芊芊的手指頭斷掉了。」種種的一切，都令她不安，驕傲的少女害怕起來。「允珍，怎麼辦？」

「嘻……嘻嘻。」

李辛惠錯愕的看著黃允珍，她竟然笑了起來。「妳在笑什麼？」

「沒、沒有啊！」發現自己太過明顯，黃允珍趕緊低下頭，不過嘴角仍壓不下笑意。

「為什麼聽到這種事，妳卻在笑？」這一點也不正常。

「沒有啊！」黃允珍捂住嘴，但已經引起了李辛惠的不悅，她這麼傷腦筋，黃允珍卻在高興個什麼勁？

「有，妳明明就有！」李辛惠不開心起來。

「你在生氣什麼？我上次去找妳的時候，你也是這個樣子。」黃允珍不服，叫了起來。

「上次？什麼時候？」李辛惠感到錯愕。

「就是那次啊！我被葉芊芊找上的時候，我有去找妳，結果妳說了什麼？」想到這裡，黃允珍就很火大，話也不自覺的脫口而出：「所以這次輪到妳了，你活該！」

啥？聽得她話裡有話，李辛惠趕緊追問：「什麼意思？」

「什麼意思？就是……嘿嘿！她去找妳了。」黃允珍眼神詭異，聲音低沉，得意的笑了起來。

「妳是什麼意思？」

「我告訴她，都是妳叫我剪她的手指頭，所以要找的話，她應該去找妳才對，然後，她就真的去找妳了。」黃允珍冷冷的道，李辛惠退了一步，感到寒風襲來。

「妳什麼意思？」她的喉嚨乾澀起來。

「誰叫我去找妳的時候，妳都不理我，還把所有的事情都賴到我頭上，所以我就跟葉芊芊講，是妳指使我剪她的手指頭的，所以現在……嘻嘻嘻……她去找妳了。」黃允珍肥厚的笑容顯得特別醜陋，那單眼皮的小眼睛，卻透露邪惡的光芒。

李辛惠駭然起來！她從頭皮到腳底都涼了。黃允珍把葉芊芊的事情說得那麼輕鬆，像是在討論天氣似的。

「妳叫她找我？妳叫她找我？」李辛惠不斷重覆這句話。

「對啊！嘿嘿嘿！」既然已經被發現，黃允珍也不隱瞞，放肆笑了起來！

「為什麼？為什麼？」她大叫起來！

「問妳呀！」

為什麼？她完全不懂，為什麼會變成這樣？她搞不懂黃允珍為什麼變得如此邪惡，甚至把她送給惡魔？憤怒由內而生，她撲了上去！將黃允珍推倒在地！黃允珍大叫起來！

「啊！打人了！救命啊！啊啊！」

「妳這個可惡的婊子！賤女人！竟然敢這樣對我！」李辛惠不停的毆打黃允珍，嘴裡猛罵髒話！

「妳是自作自受……」

「妳說什麼？」李辛惠更加憤怒，又是一記拳頭過去！黃允珍連忙伸手抵擋反擊，不斷的放聲大喊：

「教官，打人了！老師！救命啊！」

七　下一個目標

而黃允珍殺豬似的破鑼嗓子，很快引來其他人的注意！所有的人都跑出來看，見到李辛惠和黃允珍這兩個平常走在一起的女流氓，今天竟然大打出手，不禁十分錯愕。

※　※　※

在校方的介入下，將兩人強行分開，並且警告她們記過已滿，如果再有失誤，將難逃退學的處分，而李辛惠則被校方規定在家面壁思過三天，自我反省，到時還要繳交悔過書。

所有的悔過書都大同小異，只要將以前的拿出來改過重寫即可，最令李辛惠擔心的，是黃允珍的話。

葉芊芊會來找她嗎？

想到這裡，她的胸口就像被壓迫，無法呼吸，她相當恐懼，不知道葉芊芊什麼時候會來找她？

「辛惠，吃飯了！」李玉珠在門口高聲叫道。

「我不要吃！」

「叫妳吃飯還要三催四請，妳是鑲金還是包銀？不要吃妳就餓死好了！」李玉珠的聲音聽起來十分不高興。

也許，她就快死了吧？李辛惠充滿恐懼。仔細想起來，最近她的身邊，的確發生了很多怪異的事情，前兩天手被鋼琴蓋子夾傷，還有樓梯的事情，都讓她心生遍寒。都是葉芊芊搞的鬼嗎？

更可惡的是，黃允珍從頭到尾，都知道內情！

她去找妳了。

葉芊芊來找她了，她來找她了！李辛惠躲在棉被裡瑟縮，更氣的是竟然是黃允珍指使葉芊芊過來找她？她們不是朋友嗎？為什麼這麼做？真的沒有所謂的友情。

「李辛惠！出來！」李玉珠在門口罵道。

「煩死了！我不想吃飯不行嗎？」李辛惠忍不住對著門口吼了起來！

七　下一個目標

「出來！」李玉珠的聲音變得更為粗啞。

「我不要！」

「妳給我出來！」李玉珠開始踢著房門，從聲音可以知道她相當生氣，踢得力道相當大，李辛惠更加火大，不甘示弱。

「我不要！」

「妳給我出來！把我的東西還給我！出來！」李玉珠的聲音開始變調，李辛惠不禁一愣。

「什麼東西？」

「把我的手指還給我！」

李辛惠呆住了！這是什麼意思？她從床上坐了起來，卻不敢開門，她顫抖的走到門邊，問：「媽，妳在說什麼？」

「李辛惠，把我的手指頭還給我！」門外傳來的是李玉珠的聲音，可是、可是李玉珠怎麼會說這種話？

「什麼……妳在胡說什麼？」

「把我的東西還給我！」

「妳、妳到底是誰？」李辛惠已經連聲音都在顫抖了。

「我是妳媽！李辛惠，快點把我的手指頭還給我！」李玉珠放聲高叫，李辛惠嚇得往後退

不！這絕對不是李玉珠！這是葉芊芊！而且她就在外面！她在她的家裡，她來跟她要東西了！

知道外面站的不是人，李辛惠更加慌張了！怎麼辦？她該怎麼辦？

「李——辛——惠！」葉芊芊的聲音有著李玉珠拉長的語調，李辛惠不敢開門去查究竟是怎麼一回事？

她推開窗戶，不顧一切，跳到鐵皮屋頂上，她知道她必須逃，她不能待在家裡！

葉芊芊已經追來了！

八　怨氣的反撲

「允珍啊！補習班打電話來，說光明有事，我跟妳爸過去一趟，妳自己一個人在家啊！」

「好！」

傳來大門開關的聲音，黃允珍知道爸媽已經出去了，她則將頭髮用髮箍束了起來，然後拿出鏡子放在桌上，仔細的看著自己臉上的青春痘。嗯，很好，已經消腫很多，再這樣下去的話，應該就可以恢復她以前的花容月貌了。黃允珍看著鏡子顧影自憐，對自己相當滿意。

突然間，鏡子裡出現李辛惠的人影，她嚇了一跳！

「妳、妳怎麼會在這裡？」她轉了過來。

李辛惠靠近了她，表情跟臉色都相當難看。

「我來找妳。」

「妳怎麼進來的?」黃允珍驚懼的看著她，不通知一聲就進來，鐵定有問題。

「這是你家擺在門口花盆底下的鑰匙。」李辛惠用左手將鑰匙拿給黃允珍看，她曾經來過這裡，黃允珍當時就告訴她，他們家的備份鑰匙置於何處，黃允珍這時懊悔起來，為什麼她那麼多嘴?

「妳要來為什麼不打通電話?」

「我打電話，妳會接嗎?」李辛惠冷然。

「爸!媽!」她叫了起來!

「別叫了!他們都出去了。」

「妳怎麼知道?啊!難道是妳?」黃允珍錯愕的看著李辛惠，李辛惠露出得意的笑容。

「沒錯，剛剛那通電話是我打的。」她假裝是黃光明補習班的老師，要他們

八　怨氣的反撲

過去一趟，黃母不疑有他，跟著黃父一起出去。等他們離開之後，李辛惠便從藏身之處走了出來，找到鑰匙，進了黃家的門。

見李辛惠用這麼卑鄙的手法進入他家，臉色又這麼陰沉，鐵定沒有好事，黃允珍害怕的問：

「妳來做什麼？」

「剛剛不是說過了嗎？我來找妳啊！」李辛惠的右手，自始自終都放在身後。

「找我做什麼？」

「找妳……要個東西。」

「什麼東西？」

「葉芊芊的手指頭在哪裡？」李辛惠將刀子亮了出來！黃允珍看到白亮亮的刀光，不禁害怕的叫了起來！

「妳要做什麼？」

「快說，葉芊芊的手指頭在哪裡？」她瞠目齜牙，高舉刀子，朝黃允珍走了過去。

「我不知道！我不知道！」黃允珍繞著房間跑。

「妳叫葉芊芊來找我，卻把她的手指頭藏起來，現在她來找我了，妳要我拿什麼還她？快點！妳把她的手指頭藏在哪裡？」李辛惠節節逼近。

「她去找妳了？」黃允珍嚇了一大跳！

「對，她現在就在我家裡，快點把手指頭給我。」

「我沒有！」黃允珍搖著頭，頭搖得像波浪鼓。

「胡說！明明就在妳手上，快點把它拿出來給我！」李辛惠急了，時間拖越久，就對她越不利。

「不知道，我不知道妳在說什麼？」李辛惠變這樣子，黃允珍相當害怕，她哭喊起來！

「妳這個混帳！還不給我手指！如果妳不給我手指的話，我就拿妳的手指頭

八　怨氣的反撲

去還她！」李辛惠話還沒說完，人就撲了過來！她的身材纖細，手腳俐落，黃允珍雖長得粗壯，李辛惠一推，她就倒在地上！

「啊！」

李辛惠坐在黃允珍的身上，就像那日對付葉芊芊般，抓住她的左手，刀子就要刺了下去。

「不行！不要！」黃允珍用右手去推開她的手，兩人雙手交叉，彼此糾纏著。

「把手指頭給我！」她不知道在講哪個手指頭。

「不要！」黃允珍猛搖頭！她覺得李辛惠已經瘋了。

李辛惠刀尖抵在黃允珍手背，在她的皮膚上劃出傷口來，黃允珍吃痛的叫了起來！

「啊！」

「快點給我！」她大吼！

「我沒有！」

「胡說！明明就是妳把它拿走的，說什麼要做紀念，快點把它拿給我！」李辛惠大吼！黃允珍因為害怕，怎麼樣也不願給她！

「啊啊啊！不要！啊！」

啪！

窗戶突然大開，窗簾開始飄搖，就連電燈也突然熄滅，這詭異的狀況來的突然，兩人同時見到這個狀況，不禁錯愕了！這時候傳來李辛惠的尖叫聲，穿透黑暗！

「啊！」

黃允珍吃驚的看著眼前的異象，嚇得魂不附體！有手！好多好多的手，它們正抓住李辛惠，將她往後拉！

李辛惠的頭皮感到疼痛！因為吃痛不得不叫了起來！她的頭髮被人猛往後拉，她連忙護住自己的頭皮，免得頭髮真的被抓下來。她抬起頭，想要看清到底發生什麼事？卻赫然發現她的頭上面，出現了一大堆手！

「啊啊啊！」她充滿恐懼，眼睛都要掉了出來！她尖叫起來！想要跳起來，但那些手抓住了她的頭髮，她的頭怎樣也動不了。

「嘻嘻嘻……」

「呵呵呵……」

細碎的笑聲在她耳邊響起，加上她的頭髮被這群怪手抓住，卻見不到手的主人，李辛惠驚駭萬分，她護住自己的頭，害怕她的頭會被他們扯斷！她不斷的大叫！

「不！不要！」

「嘻嘻嘻……」

「呵呵呵……」

「啊——」她不斷尖叫！那些手抓得更用力了，它們毫不留情，用力抓著她的頭髮，迫使她的頭跟著它們移動，她的頭一移動，整個身體也跟著移動，很快就會被帶走了。

李辛惠不知道它們要將她抓到哪裡去，伸手亂揮，想要找尋什麼可以抓住的東西，慌亂之中，她抓住了黃允珍的腳。

「放開！放開！」黃允珍像沾上什麼穢物，雙腳亂踢亂揮，想將李辛惠的手踢掉，李辛惠害怕、恐懼，卻又不得不抓住黃允珍的腳，她們的視線對上，相當複雜。

原來，只是這麼薄弱，友情根本不算什麼。

「不要——」李辛惠一聲尖叫！整個人被往後拉，拉到了牆壁，眼看應該撞到了牆，整個人卻融入了牆壁裡，消失了！

李辛惠被抓走了！黃允珍躲到角落，看著李辛惠消失的牆壁，雙眸暴睜，不停喘氣，再也說不出話來。

※　　※　　※

「不要！」

八　怨氣的反撲

李辛惠不斷大叫，但它們在黑暗中不停的拖，她的身體不停的移動，背部好痛。她不知道它們要將她拖到哪裡去？也不知道它們要對她做什麼？它們拖了很久很久，她只知道似乎離開了原來的房間，要不然不會這麼遠。

到底什麼時候，它們才會放開她？

她要死了嗎？李辛惠充滿恐懼，這就是報應嗎？來了，終於來了……

突然間，她的頭皮鬆了，抓著她的那些手消失了，李辛惠躺在地上，看著黑暗，大口的喘著氣。

好一會兒以後，她才想起來，這是哪裡？

她爬了起來，看著四周，她在一個密閉空間裡，都是黑暗，而空間的中央，擺在一臺鋼琴，而鋼琴的上面，有著燈光。

她在學校的音樂廳。

李辛惠的頭髮凌亂，眼神驚恐，不安的看著四周，明明時值夏夜，她卻覺得好冷。

鋼琴上的琴鍵無人彈，自動流洩出音樂。

不，這不可能，裡頭一定是有什麼機關，要不然鋼琴不可能自己會動的，李辛惠拚命說服自己，但她卻無法跟自己解釋，為什麼她會從允珍的房間來到這裡？

嘿嘿嘿……

哈哈哈……

有笑聲！到處都有笑聲，而且這個笑聲，比剛才更為猖狂，剛剛像是躲在暗處竊笑，現在就站在她的身邊放肆狂笑！

「誰？給我出來！」李辛惠克服恐懼，朝著空中大喊。

剎那間，笑聲都停住了，但是琴聲還在，李辛惠等著，看會有什麼事情發生？

等了半天，都沒有任何動靜，既然這裡是音樂廳，鋼琴在前面，那邊門口的方向應該是在右邊？李辛惠朝門口的方向跑去，準備伸手去握門把，後頭聲

八　怨氣的反撲

音響起——

「學姊。」

什麼？

李辛惠轉過身來，顫抖的看著身後的……人？對，是人！這些人，她全都有印象，他們都在學校，由其是那個綁著麻花辮的女孩，她前幾天才找她當出氣筒，所以她還有印象。

「你們在這裡做什麼？」

麻花辮女孩不再怯弱，而她身邊的人也露出陰森的微笑，李辛惠不確定是不是自己眼花了，眼前漸漸出現了一大堆臉孔，只是這些人有的面孔清晰，有的模糊，有的下半身不見了，有的只有殘肢浮在空中。

「哇！」李辛惠狂叫起來！她抓住門把，門卻被鎖住，她出不去了！

「啊——」

她的頭髮被手捉住，她的脖子被人勒住，她的身體被人踩住，她的腰被人踹了好幾下，她的大腿、小腿都被手指捏住，她的全身上下，沒有一個地方不感到疼痛！

「啊啊啊！」

音樂聲又響起了，低沉、冰冷的琴聲迴盪在空中，像是附和那些憑空出現的手腳似的，他們順著節奏，或輕或重凌遲著她的皮肉，李辛惠痛得大哭，不停的大喊：

「不！不要！拜託你們！不要！」

麻花辮女孩陰森地笑著，那個被她絆倒，跌下樓的學弟，還有洪麗娟，還有還有好多人，這些人……這些人……

這些都是那些她曾經傷害過的人！

發現這項事實時，李辛惠不禁大駭！這些人都是她在學校時，看不順眼或逞一時之快，動手欺凌為樂的人，他們全都反撲了！

只有手掌，沒有身體的雙手，撕扯著她的衣服、捏著她的耳朵，一隻左腳猛踹她的屁股，那些數不盡，也不敢看的手腳，在得逞過後，都一一消失了，剩下的是那些明顯的、清晰的人影。

李辛惠渾身疼痛，倒在地上，無法動彈，好久好久之後，她才縮著身體，弓著身，畏懼的看著他們。

「你、你們要做什麼？」

麻花辮女孩，還有洪麗娟，以及他們身邊三、四個影像特別明晰的人影逐漸向她靠攏。

「還他的腳來。」洪麗娟聲音空悠飄渺，充滿憤恨，她身邊站著一名男孩，他的右腳不見了。

「什麼？」她驚駭極了。

「還我的腳來。」男孩的聲音又輕又弱，李辛惠看著他，猛然憶起洪麗娟的弟弟是田徑隊的，那次她故意絆倒他，害他跌下樓梯之後，後來就聽到他被踢出田徑隊了。

「我不是小偷……我不是小偷……」一名瘦小的男同學，將拳頭塞進自己嘴巴。

李辛惠想起來了，她每次都跟這名瘦小的男同學勒索金錢，每次都五百到一千不等，聽說他後來去偷別人的錢，被老師抓到，還送到警察局去，這跟她有關嗎？

「嗚……嗚……」麻花辮女孩說話了，她的眼睛流出黑色的淚水，悲憤的看著她。

她知道這個學妹，每次看到她，她那副天真爛漫、不解世事的樣子，總是讓人想要破壞，所以每次她心情不好時，麻花辮女孩就成了她的出氣筒。

還有還有，旁邊那個臉上有疤的女同學，就是上次被她們推倒，臉上不小心被欄杆劃到，造成永久性的疤痕。

還有還有……

每看到一個人，每看到一張臉，李辛惠就想起她曾經做過的事情，她明白這些不是人，也不是鬼！她還能在學校看到他們，他們還活著，那麼……這是那些她曾欺凌過的人的怨氣嗎？不知道為了什麼緣故，聚在一起了！

「啊啊啊——」她大叫起來！「不、不不！不要過來！」

那些人不知道聽不聽得懂她的話，還是向她靠近，如果說她所欺凌的對象，現在全都反撲的話，那麼這些人，也要還給她了嗎？

「拜託！求求你們！不要！」這些話……好熟悉，是那些她曾欺負過人的對象，對她哀求的話，可是她全都充耳不聞。

李辛惠淚流滿面，身體的痛楚還在，心裡的恐懼不斷泛出，她不知道要怎麼面對這些人。

那些人過來了，他們不是用拳打腳踢，而是用啃的，他們的牙齒銳利無比，每一口都咬破她的肌膚，劃破成為傷口，她的血液流了出來，被啃過的地方又痛又辣又澀又黏，她的身體要被咬碎了……

就在她以為就要被咬死的時候，這些人都消失了！

人呢？

李辛惠喘著氣，不停的呼吸，這場恐怖的夢魘，到底何時才可以解脫？也許，永遠解脫不了。

李辛惠流著淚，她知道他們對她的怨有多濃、恨有多深，從她身上大大小小、深淺不一的傷口，她就明白了。

她甚至了解潘茜雯對她有多痛恨，她記起她因為妒忌她的才能，故意將她的手用鋼琴蓋子壓下去，造成她的神經受損，手指不再像以前那麼靈活，所以不能再彈貝瑟朵夫鋼琴。

這些人對她所做的，原來就是她對他們所做的。

她淚流滿面，不知道為什麼會把自己推到這種地步？她能不能逃出這個地方？而自始自終陪伴著她的，只有那鋼琴聲。

琴聲？

李辛惠淚眼迷濛，看到了有人坐在鋼琴上彈琴。凌亂的頭髮，被剪的亂七八糟的衣服，是……葉芊芊！

她不知道在彈什麼曲子，李辛惠聽得心慌意亂，每個音節又沉又重，敲打著她的心，她的嘴角顫抖：

「芊……芊芊？」

葉芊芊沒有講話，只是徑自彈琴，李辛惠雖然不懂樂理，但她知道現在的葉芊芊相當不高興，只是不斷的彈著琴，像在發洩情緒。

「對不起……對不起……」

她聽得到嗎？她願意原諒她嗎？李辛惠不斷哭泣，希望能留一點生機。

琴聲停下來了，葉芊芊站了起來。

她的姿態十分詭異，李辛惠聽說她從十多樓的高度摔下去，死亡的時候，全身有多處骨折，所以她的手、她的腳，都相當地不自然。而她，朝自己走了過來。

「葉芊芊，原諒我……」

葉芊芊沒有說話，她走到李辛惠面前，伸出了手，李辛惠不斷後退，但葉芊芊不斷前進，終於她被她逼到退無可退。

「葉芊芊，不要這樣，我不是故意的，求求你不要這樣！」這樣的話，好熟悉……

葉芊芊姿勢雖然怪異，捉住她的手卻力大無窮。

「還、我、指、頭、來。」她開口了，卻是令人膽顫心驚的話。

「什麼？」

「還我、指頭來，指頭。」

「沒有，我沒有。」她怎麼可能會有她的指頭，葉芊芊的指頭在——

啪嚓！

一記椎心刺骨的疼痛貫穿全身，李辛惠痛苦得大叫！就算全身上下已經飽受折磨，她的手指……手指……被折斷了！李辛惠看著自己的左手，她的小指就像是樹枝般，竟然輕易就被折斷了？

八　怨氣的反撲

「啊啊——啊！」

葉芊芊看著她，沒有笑容，她的手裡拿著血淋淋的指頭，李辛惠顧不得她，只是抓著自己的手，在無邊的黑暗裡，痛苦大叫！

九　變調的友誼

李辛惠是隔天被發現在學校的音樂廳，聽說警衛發現她時，被嚇了一大跳！

她的渾身上下都是傷痕，還有可怖的咬傷，雖然她是學校的頭痛人物，但誰會對她下這麼重的毒手？而且她的手指頭，被硬生生的折斷，手段未免太過殘忍。

發生這麼重大的事故，警方同時也把數個月前，發生在音樂廳裡，被人以利器剪斷手指，最後跳樓死亡的葉芊芊事件，也一起調查，而學校也把音樂廳封鎖了。

在醫生的搶救之下，李辛惠恢復了，雖然身體仍然很虛弱，不過起碼這一條命保回來了。

九　變調的友誼

在醫院的她，整日看著外面，沒有一個人來看她。

就連黃允珍也沒有。

李辛惠坐在床上，瞪著外頭，她的神情駭然，鄰床的病人被她嚇到，要求轉房，所以現在這間病房，是她專屬的。

「還看？還看？看什麼看？看不煩啊！」李玉珠走進房間，刷的一聲！把窗簾拉了起來。

李辛惠沒有講話，緩緩的轉過頭來。

「生妳這個女兒，不知道做什麼用的？三不五時就給我惹麻煩，現在還要人照顧，出什麼事也不講，我真是上輩子造了孽，還要侍奉妳這個大小姐。來啦！嘴巴張開。」李玉珠將端來的魚湯，用湯匙盛著，遞到她的面前，李辛惠順從的喝了下去。

「也不知道妳在外面跟人家結什麼怨？一個女孩子家渾身上下，沒一個地方是好的，發生了什麼事也不講，警察來也不說，喂！妳怎麼還是這個死樣子？」

李玉珠口無遮攔，李辛惠也沒反應。

李玉珠察覺到她的不對勁，也無法關心，她們的關係看似淡薄，卻仍留著血緣關係，誰都不願釋放出善意。

「欸！妳也說個話呀！」

「我什麼時候可以出院？」李辛惠開口了。

「出院？還早的很啦！妳要出院是不是？也可以啊！這樣我才不用再多花錢。健保雖然有給付，但是有些自付也是很貴的。」李玉珠開始嘮嘮叨叨，李辛惠充耳不聞。

住院的日子是平靜的，李辛惠也是個很配合的病人，她按時吃藥，努力調養，在醫生的允許下，終於出院了。

只是在音樂廳裡，發生什麼事，還是沒有人知道。

※　　※　　※

那些曾被李辛惠欺凌過的人，在同一天晚上，都做了一個快樂的美夢，沒

九　變調的友誼

有人討論夢境，畢竟那太虛幻，說出來只會被人家笑而已。不過隔天早上，校園裡有不少人露出笑容，長期累積在胸口的鬱氣，全都消了。

也許是因為夢太甜美，也許是聽到李辛惠住院，都讓他們感到滿意。畢竟現實中無法做到的，都在夢裡實現了。

校園裡的祥和，一直到李辛惠回來時，氣氛才有了改變。

一大早，學生們都奔相走告，三個禮拜前，在音樂廳裡出事的李辛惠，終於回來了！

她的回來並沒得到歡迎，也沒有人為她辦派對什麼的，只有好奇，疑惑她這個人見人怕的大姊頭，到底有什麼人能制得了她？這個問題，當然沒有人知道答案。

看似平靜的校園，又不得安寧。

而黃允珍畏縮了，她不敢進教室，就算她已經來學校了，她寧願蹺課在外頭瞎晃。

「你在幹什麼?上課了怎麼還不去教室?」教官看到她,就是一聲怒斥。

「我、我馬上去。」

「快一點!」

在教官的注視下,黃允珍不得已,往十六班的方向走,卻是慢吞吞的,她不想去見李辛惠。

她知道,如果不是李辛惠的話,那麼在音樂廳被發現的人,就是她了。她一直以為,李辛惠會被帶走,可是她回來了,就算傷勢極重,她還是離開了醫院,回到學校來了。

她要怎麼面對她?

黃允珍想起,那天晚上,她跟黃光明睡覺的時候,她一轉身,就看到黃光明眼睛上吊,露出詭異笑容的那晚……

嘻嘻嘻……

呵呵呵……

「哇啊！」

黃允珍跳了起來！卻被黃光明拉住她的衣服，她知道無法逃脫，只能跪在床上，背對著黃光明喊著：「葉芊芊，不要！饒了我吧！葉芊芊！」

「還、我、的、指頭、來。」從黃光明的口中，吐出女生的聲音。

黃允珍還在發抖，又有其他的聲音響起：「還我的腳來……我不是小偷……嗚嗚……」他的聲音一下忽粗、一下忽細，像是有很多人在他體內，爭著利用他的身體講話，黃允珍呆呆的看著聲音百變的黃光明。

突然他的身體一抖，全身定住不動，葉芊芊的聲音又出來了：「還、我的、指頭來。」

「葉芊芊，對不起，不要這樣，葉芊芊……」趁剛才的空檔，她已經爬到地上去了。

「妳們……把我的指頭拿走，還我的指頭，還來！」黃光明厲聲斥喝！聲音卻是女孩子的。

「我沒有拿！我沒有！」黃允珍猛搖頭，她哭得一把鼻涕、一把眼淚。

「胡說！」葉芊芊的聲音怒斥著！

「真的，我沒有，我沒有拿！」她靈光一閃！「是辛惠！妳知道的，是辛惠拿的。」為了保命，她不惜把罪賴給李辛惠。

「李辛惠？」

「對，是她拿的，我真的不知道，妳去找她，真的不關我的事。」

沒有葉芊芊的聲音，但是黃允珍發現四周出現殘缺的景像，有的是手、有的是腳，有的只有上半身，有的人影完整出現，卻也顯得模糊，他們充斥在黃允珍的房間裡！

這是什麼？黃允珍已經呆到無法出聲，她上下牙齒直打顫，不知道該怎麼開口？

啊啊！對了，她看到了臉上有疤的女孩，她也看到跛腳的洪正剛，她甚至看到了潘茜雯，一個在他們一年級的時候，就因為她們的惡作劇而再也無法彈琴的女孩子……

這些人，他們都還活著，她在早上的時候，還在學校看到他們，難道這些人也死了嗎？

黃允珍的思緒突然清明起來，如果這些人沒死的話，那是什麼？他們的怨氣嗎？她跟辛惠做了那麼多事，知道他們會有怨恨，只是從來沒有在乎過，沒想到他們全部聚集在一起了。如果他們要反撲的話，她該怎麼辦？

「對不起、對不起……這一切，都是辛惠指使的，對，都是辛惠指使的，都是她！我恨她，跟你們恨她一樣。」她流著恐懼的淚水，只希望能從這恐怖的惡夢中醒來。

四周的動靜似乎暫停了下來，黃允珍見狀，連忙趁勝追擊，道盡委屈：

「我去找她的時候，她根本不幫我，甚至還奚落我，她那樣對我，我、我恨她！」想到她有難時，去找李辛惠，她不但連句安慰的話都沒有，還將責任都賴到她頭上！她恨極了！

「我跟你們是一樣的，我恨她，我們是一樣的，我們都是被欺負的一群。」

「一樣……」

「對，你們去找她，我跟你們都是一樣的。」

濃烈的怨懟和憤恨似乎消失了，黃光明聽了之後，突然往床上倒了下去，很快的，身邊的異象，都一個一個消失，一切又恢復了寧靜。最後，只剩她和黃光明在房間裡。

※　　※　　※

那天之後，她就不再得罪任何人，深怕他們的恨意，又會再反撲。黃允珍低調再低調，和以前的囂張氣焰完全不同。

「赫磊！加油！赫磊！加油！」

籃球場上，籃球隊員正在打球，已經消失一陣子的赫磊又出現了，所以黃允珍也來看他練球，不過這次她只是坐在角落，看著其他人為他吶喊，並不像之前將所有傾慕赫磊的女孩子都趕走。

她只是靜靜坐著，望著赫磊。

突然間，赫磊停下練習，向她跑了過來，所有人充滿訝異，黃允珍也驚愕的看著他。

「妳知道嗎？警方在我的水壺上，找到了不屬於我的指紋。」沒頭沒尾的，赫磊說出這句話，黃允珍心頭一顫，她張開嘴巴，不自然的望著赫磊。

她曾經因為其他的事情，進出過警局，在那裡留下她的記錄，難道他們已經查出什麼？

不安的看著赫磊，赫磊給了她一個微笑，她卻不敢再看下去，趕緊離開。

她轉身，正準備走掉時，一陣不舒服的感覺湧起，她的全身像被螞蟻爬過似的，相當不對勁，她的直覺讓她往旁邊一瞧，差點驚呼起來！

是李辛惠！她正站在樹下，表情木然，眼神銳利，注視著前方，她不是在看赫磊，也不是在看其他人，她正在看她！

黃允珍害怕的站了起來，差點被石頭絆倒！

「哎呀！」她叫了起來。

旁邊的女孩子聽到聲音，轉過頭來，見到黃允珍這副狼狽樣，都吃吃的笑了起來。等黃允珍匆匆忙忙離開現場，幾個女孩子才議論起來：

「欸，你們有沒有覺得那個黃允珍不對勁？」

「豈止黃允珍，連李辛惠都怪怪的，她們兩個最近已經不在一起了，妳不知道嗎？」

「知道啊！可是為什麼會這樣？」

「我也不曉得，可能吵架了吧？」

黃允珍離開校園，準備去搭公車，平常都是和李辛惠走到校門口，然後兩人再往自己的公車站牌而去，現在則是形單影隻。不過那種全身如螞蟻爬過般的不適感再度湧起，她回頭一看——

李辛惠在她的後面。

怎麼會？她怎麼會往這邊來？黃允珍驚駭的想著，她的家並不往這個方向呀！

李辛惠站在遠處，也沒有說話，就只是冷漠的看著她。

黃允珍不敢看她，是她背叛李辛惠的，是她把葉芊芊引到她身邊的，在發生那麼多事後，她不敢面對李辛惠，她可以明白李辛惠的憤怒。只是回到學校後的李辛惠，再也和她沒有交集，連談話都沒了。她們還能怎麼辦？

公車來了，她快速的上了公車，坐在位置上，看著站在公車站牌底下的李辛惠，依舊是那張冷漠的臉。

※　　※　　※

「媽，我想轉學。」早上用餐的時候，黃允珍提出了這個建議，在場的人都驚訝的望著她。

「怎麼了？」黃母望著她。

「沒有啊！不想待了嘛！」赫磊的話，還有李辛惠，都讓她不想再待下去。

她以為只要離開這所學校，就沒事了。

「妳在這間學校讀得好好的，而且最近也沒惹什麼事，為什麼要轉學？再過幾個月就要畢業了，不可能讓你轉學。」雖然黃母相當溺愛，但也不過就剩三個月，再轉學的話，根本沒意義。

「可是……」

「姊姊又闖禍了喔！」黃光明自以為幽默，被黃允珍瞪了一眼。

「你給我閉嘴！」

「暑假的時候，媽帶妳加拿大，妳好好把這幾個月讀完，女孩子最少有個高中學歷，以後比較好找個人嫁。」黃母誘哄著，黃允珍找不到足夠的理由說服黃母，只得作罷！

就像母親講的，只剩下幾個月，等畢業典禮之後，就再也看不到李辛惠了。可是警察呢？他們會不會找上她？她十分不安。

而且在學校還得面對李辛惠，她總覺得她最近看她的表情……很不一樣。

雖然說發生那件事情之後，她們已經沒有交集，也沒有再說一句話，但她還覺是覺得惶恐。

還好學校裡的熱鬧沖淡了些許不安，放學的時候，她只要趕快回家就沒事了。

黃允珍到了學校，看到李辛惠還沒有來，鬆了口氣，她放下書包到廁所尿尿，等她從廁所出來，走到洗手臺，彎腰洗手，一抬起頭，見到李辛惠就在她身後！

「啊呀！」她叫了起來！

李辛惠的嘴角有個的弧度，似笑非笑，又透露著詭異，黃允珍看到她，抖著雙唇：

「妳、妳在這裡做什麼？」

來廁所的當然是來方便的呀！但李辛惠朝黃允珍走過去，把她一步一步逼到角落。

「我等妳很久了。」李辛惠輕輕吐出，黃允珍只覺滿身疙瘩。

「什麼？」她們每天都見面呀！何必等她？

「把我交給葉芊芊，妳知道，她對我做了什麼事嗎？」李辛惠舉出她被折斷小指的左手掌，只有四指，黃允珍低下頭來，不敢去看。

「我不知道、我不知道。」那天發生了什麼事情，她完全不知道。

「她要我還她東西，我還不起，她就拿我的手指去還。」李辛惠本來就瘦，如今她的臉頰凹陷，顴骨高聳，眼睛顯得特別的大，有如骷髏，看來相當猙獰。

黃允珍不敢講話，她知道，她也脫不了責任。

「把我的手指頭還給我。」

好熟悉的話……黃允珍看著李辛惠，從她的眼睛看出了殺機，有時候，人比鬼還要恐怖。

「啊啊啊！不要！」她大叫起來！廁所大門卻關了起來！李辛惠抓著她的頭髮，不知何時，手裡亮出一把刀子，黃允珍驚駭的道：「辛惠，不要！不要！這裡是學校，不要！」

「妳以為我會在乎嗎？」

「我們是朋友呀！」黃允珍用力抵著她握著刀子的那隻手，不讓它靠近。

「朋友？嘻嘻……朋友是什麼？」李辛惠笑了起來。

「不要這樣！」黃允珍哭了起來！

「朋友？看著我被葉芊芊抓走的朋友？」

「辛惠……」

「妳知道我有多害怕嗎？妳知不知道我有多害怕？可是妳卻沒有伸出援手，這就是妳所謂的朋友？」她永遠都忘不了那一夜，黃允珍的直接反應。

「不要這樣！」黃允珍閉上眼睛，流出眼淚。

「我來告訴妳什麼叫做朋友。」李辛惠的聲音突然凌厲起來，感受到她的意圖，黃允珍大叫！

「來人啊！救命啊！救——」

她的話來不及說完，李辛惠的刀子就已經劃破她的喉嚨，黃允珍想要掙扎，流血過多的她很快就倒下來，躺在地上。

她的雙眼充滿恐懼，看著曾經是朋友的李辛惠，李辛惠跨坐到她的腰際，將她的左手小指頭割了下來。像破掉的水管，噴出血液！

「這是妳欠我的。」

黃允珍嚐到了極致的痛楚，她發不出聲音，也無法反抗，只知道她的身體的一部分消失了。

※　※　※

「怎麼可能？我們家阿惠怎麼可能會做這種事情？」李玉珠聽到這事的時候，駭然的掉下淚來。

「李太太，學校的學生都看到了，李辛惠全身是血，從廁所走出來，再加上她的手上拿著手指，證據確鑿。」坐在李玉珠對面的警方沉重的道，這是他辦過的校園行兇案，最殘酷的其中之一。

「不可能，阿惠不可能會做這種事，不可能……」李玉珠越說越心虛，語氣也弱了下來，她不是不知道李辛惠在學校的表現，只是殺人這種事，她卻是怎麼想都想不通啊！「我要看她！讓我看她！」

「跟我來。」

由於李辛惠是現行犯，行兇之後跑沒多遠就被抓到了，於是警方很快就將她收押。

李玉珠來到了看守所，看到了李辛惠，她身材細瘦，髮長及腰，她的身上還穿著學校的制服，制服上面充滿了鮮血，而她的雙手緊握，嘴裡喃喃，旁人根本聽不清楚她在講什麼？

「辛惠！辛惠！妳怎麼會變成這樣子？辛惠！」李玉珠痛哭失聲，縱然她對李辛惠的出生感到礙眼，但這時候，也不禁悲從中來，她從來沒有好好盡一個做母親的本分，對她的行為偏差從來沒有糾正。

李辛惠抬起頭來，看到李玉珠，沒有任何表情，只是轉身過去，又低頭喃喃。

「辛惠！辛惠！」

「李太太，妳先回去，如果有什麼事情的話，我們再通知妳。」一旁的員警也看不下去，李玉珠只好擦著淚水，一步步離開了警局。而看守的兩名員警，則以怪異的眼神看著李辛惠。

「她到底在念什麼？」其中一名較年輕的員警問道。

「不知道，從被抓到之後，她就一直這樣子了。看這個樣子，大概到最後會以精神失常起訴。」站在旁邊的員警道。

「好可惜，還那麼年輕。」

「你要是知道她做了什麼事，就不會為她可惜了。」

而在牢籠裡的李辛惠，低著頭，她的右手抓住左手，左手沒有東西，原本的左手小指已經被警方拿走，做為行兇證據，而她只能緊握著自己的手，嘴裡喃喃：

「我的指頭……我的指頭，把我的指頭還來。」

終曲

她回到學校後山，陽光晴朗，她在樹下走了一圈，看到了十年前做的記號，然後蹲在地上，拿出預備好的鏟子，開始向下挖。

那次李辛惠殺她的傷口，並不足以至她於死地，她活了下來，但是她的喉嚨，也受到了傷害。

土質很硬，並不好挖，她挖得滿頭大汗，用手背抹去了額上的汗珠，然後又繼續將沙土、碎石，都堆到旁邊，漸漸的，挖了一個洞出來。

這是十年前，她在這裡埋下的紀念。

噹！鏟子碰到了一個硬物，她知道，已經挖到了時光寶盒，於是一鼓作氣，將土朝兩側挖開，將寶盒拿了出來。

當時的她一點都不曉得，她所做的事情，會造成那麼大的影響，所以也去監獄走了一遭，後來才得以緩刑。

取出的是個四四方方的鐵盒子，蓋子中間有個小鎖，她取出一直隨身攜帶的小鑰匙，將鑰匙插入鎖裡面，由於時間久遠，鐵製的鎖有些生繡，鎖孔也有沙土，她費了些勁，才將鑰匙插了進去，轉開，鎖打開了。

如果說，當初她們沒有那麼衝動，沒有把葉芊芊的手指頭剪下，沒有對赫磊下毒，沒有做出那些荒唐的事，她們的未來，是不是都不一樣了呢？

她將鎖取下，遲疑了半晌，好一會兒，她才鼓起勇氣，將寶盒的蓋子打開，拿出裡頭的小玻璃瓶。

她為裡面的東西，她的無知荒唐歲月，付出了代價。

瓶中，擺著一截手指。

電子書購買

國家圖書館出版品預行編目資料

斷指 / 梅洛琳著 . -- 第一版 . -- 臺北市 : 崧燁文化事業有限公司 , 2021.09
面 ; 公分
POD 版
ISBN 978-986-516-839-1(平裝)
863.57 110014833

斷指

臉書

作　　者：梅洛琳
編　　輯：鄒詠筑
發 行 人：黃振庭
出 版 者：崧燁文化事業有限公司
發 行 者：崧燁文化事業有限公司
E-mail：sonbookservice@gmail.com
粉 絲 頁：https://www.facebook.com/sonbookss/
網　　址：https://sonbook.net/
地　　址：台北市中正區重慶南路一段六十一號八樓 815 室
Rm. 815, 8F., No.61, Sec. 1, Chongqing S. Rd., Zhongzheng Dist., Taipei City 100, Taiwan (R.O.C)
電　　話：(02)2370-3310　　傳　　真：(02) 2388-1990
印　　刷：京峯彩色印刷有限公司（京峰數位）

定　　價：250 元
發行日期：2021 年 09 月第一版
◎本書以 POD 印製